Le livre des
VRAI / FAUX
DE L'HISTOIRE

Textes : Gérard Dhôtel   Illustrations : Benoît Perroud

De La Martinière
Jeunesse

35 000 avant J.-C.
CRO-MAGNON ÉTAIT PLUS INTELLIGENT QUE NÉANDERTAL

C'est faux !

On vous a peut-être dit que l'homme de Néandertal était un *Homo sapiens*, c'est-à-dire un homme sage et intelligent. Et que l'homme de Cro-Magnon avait un avantage supplémentaire : il était un *Homo sapiens sapiens*, doublement sage et intelligent. C'est inexact. Cro-Magnon n'était pas plus ou moins évolué que Néandertal.

Les deux espèces se sont côtoyées quelque temps, vers - 35 000. Mais seul Néandertal a résisté. L'homme de Néandertal est apparu dans nos régions et au Proche-Orient vers - 135 000 au lendemain d'une très longue période de glaciation.
Sans qu'on sache pourquoi, il a disparu de la préhistoire entre - 40 000 et - 35 000.
Né en Afrique il y a environ 100 000 ans, Cro-Magnon est arrivé lentement en Europe où il a certainement croisé Néandertal.
Si son arrivée sur notre continent correspond à l'extinction de Néandertal, rien ne prouve que leur rencontre a été violente.

En tout cas, les uns et les autres étaient habiles à chasser l'ours et le mammouth. Ils fabriquaient des outils en pierre, des ornements, des parures. Et ils avaient des sépultures où ils enterraient leurs morts. On pense aussi qu'ils possédaient le langage. Alors, Cro-Magnon ou Néandertal, aucun n'était bête !

10 000 avant J.-C.
L'ATLANTIDE A VRAIMENT EXISTÉ

C'est sûrement faux !

Le philosophe grec Platon (vers 357 avant J.-C.) prétendait que cet empire dirigé par le roi Atlas, fils du dieu Poséidon, voulait se lancer à la conquête de la Méditerranée. Mais un tremblement de terre l'aurait fait disparaître en un jour et une nuit. Au fil du temps, cette légende est passée aux oubliettes jusqu'à la fin du XIXᵉ siècle, quand l'écrivain Jules Verne la fit réapparaître dans *Vingt Mille Lieues sous les mers*. On se mit alors à la chercher un peu partout : en Amérique du Sud, dans le Sahara, en mer Noire, dans l'Antarctique. Dans les années 1960, le commandant Cousteau pensa même l'avoir localisée en Crète.

Elle aurait été une terre riche et prospère, plus grande que l'Asie, située quelque part dans l'océan Atlantique, au-delà du détroit de Gibraltar. Berceau supposé de la civilisation, l'Atlantide a toujours suscité la fascination. Alors, réalité ou légende ?

Aujourd'hui, la plupart des scientifiques s'accordent à dire que l'Atlantide n'a jamais existé. Platon aurait ainsi voulu décrire une société idéale qui, en voulant conquérir d'autres terres et accroître ses richesses, aurait sombré. Vieille de 2 000 ans, la légende de l'Atlantide continue d'inspirer rêves et désirs d'aventures...

3100 avant J.-C.

LES ÉGYPTIENS ADORAIENT UN SEUL DIEU

C'est faux !

Les Égyptiens anciens, tout comme l'ensemble des peuples de l'Antiquité (Grecs, Romains…), vénéraient une multitude de dieux. On dit qu'ils étaient polythéistes, en opposition aux monothéistes qui ne croient qu'en un seul Dieu. Les Égyptiens adoraient plus de 700 divinités.

Chaque région, chaque ville possédait ses dieux. Mais certains se sont imposés dans l'Égypte tout entière. Ainsi, Rê, le dieu Soleil, originaire d'Héliopolis, brille sur tout le pays. Les pharaons, dès la IVe dynastie (vers 2700 avant J.-C.), se font d'ailleurs appeler « fils de Rê ».
La déesse Isis et son frère, le dieu Osiris, forment le couple de dieux le plus populaire. Osiris est le dieu de l'Au-Delà, le dieu des Morts. Isis est une déesse protectrice et guérisseuse.

En fait, la religion n'a que très peu évolué durant les 5 000 ans de l'histoire de l'Égypte des pharaons. Elle subsiste encore quand l'Égypte devient une province romaine mais disparaît au IVe siècle quand les empereurs romains chrétiens l'interdisent.

1250 avant J.-C.

LA GUERRE DE TROIE A BIEN EU LIEU

C'est certainement vrai

À l'époque, Troie est une cité importante, située en Asie Mineure, sur une colline de la côte sud de la mer Noire. Elle contrôle ce passage des Dardanelles conduisant à cette mer, d'où son importance stratégique. Si les Grecs cherchent à s'en emparer, c'est pour contrôler le détroit et développer leur commerce en mer Noire.

L'explication d'Homère est différente. Selon lui, les Grecs attaquent Troie pour venger l'honneur de Ménélas, roi de Sparte, dont l'épouse Hélène a été enlevée par le fils du roi de Troie, Pâris. Pendant dix ans, ils assiègent la ville sans pouvoir vaincre. Troie ne sera prise que grâce à la ruse d'un autre roi grec, Ulysse : il fait entrer des guerriers à l'intérieur d'un grand cheval de bois que les Troyens traînent à l'intérieur de la ville, croyant qu'il s'agit d'un cadeau des dieux. La ruse fonctionne. Les Grecs surgissent du cheval et s'emparent de Troie. Ensuite, Ulysse prendra tout son temps pour rentrer chez lui, à Ithaque. Mais, ça, c'est une autre histoirc qui s'appelle l'*Odyssée* !

Cette guerre aurait opposé, au XIIIe siècle av. J.-C., les Grecs aux habitants de la ville de Troie. Elle est racontée dans l'*Iliade*, épopée écrite par le poète grec Homère vers 750 avant J.-C.

753 avant J.-C.

ROMULUS A CRÉÉ ROME

C'est une légende. Elle raconte que deux bébés jumeaux, Romulus et Remus, fils du dieu Mars, sont abandonnés puis recueillis par une louve. Une fois adultes, ils fondent une cité à l'endroit même où ils ont grandi, au pied des collines du Palatin. Mais Romulus prétend que les dieux l'ont choisi pour être le seul créateur de la ville. Son frère, jaloux, n'est pas d'accord. Du coup, il l'affronte. Le combat s'achève par la mort de Remus. Romulus reste donc le seul fondateur de la cité qui prend son nom : Rome. Il en devient le premier roi, en 753 avant J.-C.

La vraie histoire de la création de Rome est différente. La cité est née de peuples de bergers vivant dans les collines, les Latins et les Sabins. Vers 750 avant J.-C., ils se regroupent sur l'une d'elles, le Capitole, bâtissent une ville puis la fortifient. Romulus est le roi d'un de ces peuples.

Au VIIe siècle avant notre ère, la région est conquise par les Étrusques venus de la Toscane voisine. Ils transforment Rome en une grande cité. Les rois étrusques seront chassés en - 509. Quoi qu'il en soit, les Romains préféreront toujours la légende de Romulus, l'élu des dieux, à celle, moins épique, des Étrusques...

C'est vrai !

Plus tard, les penseurs chrétiens, voulant en finir avec les « théories païennes », adoptent la théorie d'une représentation plate de la Terre. Un moine byzantin du VIe siècle affirme même que la Terre se termine par des murailles derrière lesquelles le soleil se couche ! Heureusement, des savants plus sérieux vont défendre l'idée d'une Terre ronde comme une balle. Il faut attendre le XIIIe siècle pour que les idées des mathématiciens grecs soient remises au goût du jour.

À l'époque de la Grèce ancienne, les élèves du philosophe et mathématicien Pythagore affirment déjà que la Terre est sphérique. C'est une révolution scientifique car, jusque-là, on imaginait la Terre comme un tambour ou un disque posé sur l'eau dont les mouvements expliquaient les tremblements de terre. Platon, Aristote et la plupart des philosophes grecs adoptent cette nouvelle théorie qui devient la base de toute recherche scientifique.

Dès lors, une idée traverse l'esprit des navigateurs espagnols et portugais : et si on en faisait le tour de cette belle Terre ? La période des grandes découvertes peut commencer. Le premier globe terrestre ayant été réalisé par l'Allemand Behaim en 1491, les Christophe Colomb, Magellan et Vasco de Gama n'ont plus qu'à prendre la mer !

335 avant J.-C.
LES GAULOIS AVAIENT PEUR QUE LE CIEL LEUR TOMBE SUR LA TÊTE

C'est faux !

Si l'on en croit les aventures d'Astérix, c'est même la seule chose qu'ils craignent... Ce n'est pas exact. Il est probable que certains Gaulois ont peur de l'orage qui gronde et que les plus superstitieux redoutent la foudre qu'ils attribuent à la colère de Tanaris, le dieu du Tonnerre. Mais la grande majorité ne se soucie guère des tourments du ciel.

Cette légende aurait vu le jour en 335 avant J.-C., lors d'une rencontre entre un ambassadeur gaulois et Alexandre le Grand, roi de Macédoine. Le souverain demanda à son invité ce que son peuple craignait le plus, persuadé qu'il allait le désigner, lui, le grand conquérant. Mais le Gaulois répondit que les siens ne craignaient rien si ce n'est que « le ciel ne tombe » ! Ce qui signifiait : « Nous n'avons peur que de l'impossible, c'est-à-dire de rien ! »

Les Romains, qui connaissent bien les Gaulois, pensent un peu la même chose de leurs meilleurs ennemis : ces gens-là n'ont peur de rien ! Ils ne cessent d'ailleurs de louer le courage des Gaulois dont la réputation de guerriers implacables et féroces a franchi les frontières. Comme si les Romains ne craignaient qu'une seule chose : que les Gaulois ne leur tombent sur la tête !

UN LÉGIONNAIRE ROMAIN DOIT MESURER AU MOINS 1,65 MÈTRE

C'est vrai !

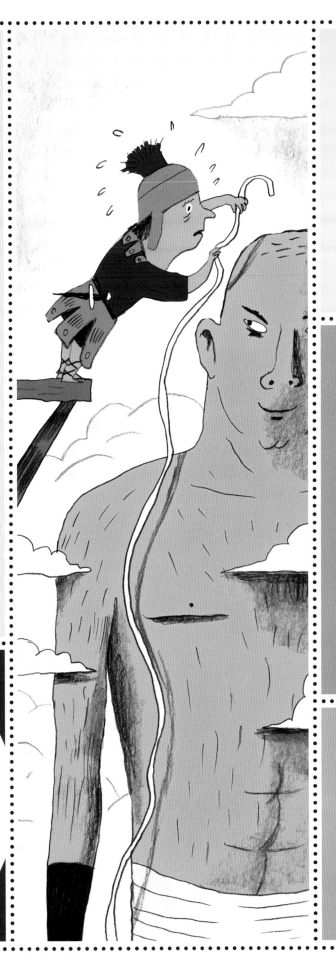

Tout citoyen romain peut être légionnaire. Mais, attention, sous certaines conditions ! Il doit être un homme, avoir plus de 18 ans, être en bonne santé pour pouvoir aller se battre dans des contrées lointaines et mesurer au moins 1,65 m, ce qui est une belle taille à l'époque.

Le légionnaire romain a également besoin de bons muscles. Cuirasse en fer, bouclier, casque, javelot, glaive, tablier en cuir : son équipement peut peser jusqu'à 40 kilos, à trimballer à pied sur des kilomètres et des kilomètres, parfois une trentaine chaque jour avec tout ce barda sur le dos ! Il lui faut également transporter des vivres pour plusieurs jours, des gamelles, des outils pour construire les fortifications. La galère, quoi !

Cependant, les Romains trop petits ne sont pas exclus de la légion. Ils ont la possibilité de participer à la grandeur de Rome en étant employés, à l'arrière, à d'autres tâches que le combat. Mesurer la taille des nouvelles recrues, par exemple !

58 avant J.-C.

LES GAULOIS TAILLAIENT LES MENHIRS

C'est faux !

Jamais aucun Gaulois n'a pu être tailleur de menhir. Et jamais aucune de ces grosses pierres n'a pu tomber sur la tête d'un Romain ! Obélix ne pouvait donc pas livrer de menhirs comme on le voit dans la BD, puisque à l'époque des Gaulois, ces monuments n'étaient plus en usage depuis 2 000 ans !

Cette pierre, fichée dans le sol, date en effet de la préhistoire : entre 3500 et 2000 avant J.-C. Les menhirs servaient à délimiter un territoire ou à indiquer un lieu de culte. Ils étaient parfois sculptés et représentaient une divinité. On en trouve de nombreux en Bretagne, les plus célèbres étant ceux de Carnac. Quant au dolmen, que l'on date parfois à tort de la période gauloise, c'est un monument funéraire de la fin du 5e millénaire à la fin du 3e millénaire avant J.-C.

La confusion vient du fait que, plus tard, les peuples celtes et gaulois les ont utilisés à des fins religieuses. Des rites étaient organisés au pied des menhirs pour avoir un mari, un enfant ou pour faire venir la pluie ! Ce sont ces cérémonies qui ont induit en erreur les historiens du XIXe siècle.

VERCINGÉTORIX AVAIT UNE LONGUE MOUSTACHE

Pas tout à fait...

Le chef gaulois porte bien une moustache, car il est prince et que seuls les nobles gaulois peuvent en arborer une. Mais on est loin des grandes bacchantes que l'on peut voir dans les BD d'*Astérix* et sur les peintures du XIXᵉ siècle. Les nobles gaulois ont quelques poils au-dessus de la lèvre supérieure. C'est tout ! Cette coquetterie leur demande d'ailleurs des soins et du temps, comme quoi les Gaulois peuvent être raffinés...

Mais les Romains veulent donner une autre image du peuple qu'ils ont vaincu. Ils souhaitent les faire passer pour des barbares sales et jamais rasés. Évoquant la moustache gauloise, les auteurs de l'époque écrivent même : « Les nobles gaulois les laissent croître si longues qu'elles couvrent entièrement leur bouche. Lorsqu'ils mangent, les aliments s'y collent ».

Plus tard, les historiens français ont voulu faire de la moustache gauloise un signe de virilité et de bravoure. Dès lors, on ne pouvait plus imaginer Vercingétorix, chef des Arvernes, héros jeune et courageux, résistant à l'envahisseur romain, autrement qu'avec de belles bacchantes...

JULES CÉSAR A ÉTÉ EMPEREUR DE ROME

C'est faux !

Jules a été général, dictateur, mais jamais empereur ! Le premier empereur de Rome sera son petit-neveu (et fils adoptif), Octave, qui régnera sous le nom d'Auguste en 27 après J.-C.

Toute la carrière politique et militaire de Caius Julius César se déroule durant la République romaine. Mais c'est vrai que l'homme a d'autres ambitions. Et c'est certainement parce que ses ennemis le soupçonnent de vouloir être roi qu'ils l'assassinent en 44 avant notre ère. Général victorieux en Gaule, César est très populaire. Lorsqu'il revient à Rome, il est accueilli en héros. César l'imperator, comme on appelle le chef des armées, peut organiser son pouvoir. Il devient consul. Le sénat l'autorise même à revêtir la toge couleur pourpre du triomphateur et à être couronné de lauriers. En - 44, il est proclamé dictateur à vie. Mais son pouvoir grandissant agace. Républicains, amis déçus, traîtres complotent. Et, le 15 mars, des sénateurs le frappent de vingt-cinq coups de couteau...

Octave règne jusqu'en 14. De nombreux empereurs lui succéderont. Le dernier souverain de l'Empire romain d'Occident sera Romulus Augustule. Il ne restera sur le trône que dix mois...

235
L'EMPEREUR ROMAIN
MAXIMUS
MESURAIT 2,30 m

C'est exagéré

Caïus Julius **Maximinus**, dit Maximin le Thrace, empereur romain de 235 à 238, est surnommé Maximus à cause de sa très grande taille. Des auteurs de l'époque affirment même qu'il mesure... 2 mètres 30 ! Ce qui est bien sûr très exagéré. On dit aussi qu'il possède une force herculéenne. Il serait capable de tirer un char d'une seule main et de déraciner un arbre ! Pour cela, on prétend qu'il boit 80 pintes de vin chaque jour et qu'il mange 40 livres de viande...

Mais qui est donc cet empereur peu connu ? Il est né à Thrace (Bulgarie et Grèce actuelles) vers 173, de parents barbares. C'est en gravissant tous les échelons de la légion romaine qu'il parvient à devenir empereur en 235. Choisi pour son courage physique et son sens de la stratégie militaire, il se lance dans plusieurs batailles. Mais la guerre coûte cher et il doit augmenter les impôts pour entretenir ses armées. Du coup, la révolte gronde à travers l'Empire...

Au printemps 238, Maximin est assassiné par des légionnaires affamés qui se sont révoltés lors du siège d'Aquilée (nord-est de l'Italie). L'Empire entre alors dans une période de troubles : en quatre mois, six empereurs vont se succéder !

LES VANDALES ÉTAIENT DES VANDALES

Pas plus que d'autres !

On les dit si violents qu'on utilise encore leur nom pour parler d'une personne qui détruit ou détériore quelque chose. Or, ce peuple germain n'est ni plus ni moins pillard que les autres peuples germaniques qui se ruent sur l'Empire romain dans le courant du Vᵉ siècle.

Alors pourquoi une telle réputation ? L'Église de l'époque reproche aux Vandales leur religion (l'arianisme), qu'elle considère comme une hérésie. Il faut donc discréditer ce peuple, le traîner plus bas que terre. Pour cela, elle fait courir le bruit que les hordes vandales sont brutales et sanguinaires... Pendant la Révolution française, l'abbé Grégoire utilisera le mot « vandale » pour décrire les violences et les excès des plus radicaux des révolutionnaires.

Ce peuple, originaire de Scandinavie, installé sur les bords du Rhin, s'est lancé dans les grandes invasions en 406, traversant la Gaule et s'installant en Espagne. En 429, ils débarquent en Afrique du Nord, venant à bout des Romains et fondant un royaume vandale d'Afrique du Nord ou royaume de Carthage. En 533, l'Empire byzantin le fait disparaître. Les « sanguinaires » Vandales sont réduits à l'esclavage.

QUAND ATTILA PASSAIT QUELQUE PART, L'HERBE NE REPOUSSAIT PLUS

C'est faux !

Le nom d'Attila, chef des Huns, reste synonyme de barbare dévastant tout sur son passage. On dit de lui qu'il est le « fléau de Dieu » et que partout où son cheval passe, l'herbe ne repousse plus... C'est très exagéré.

Cette légende est colportée de son vivant par des évêques qui veulent montrer à quel point ils se sont bien défendus face à cet ennemi redoutable. Plus tard, le dramaturge Pierre Corneille en fait un personnage assoiffé de sang. Attila est décrit comme un chef barbare cruel, rustre et sans religion, ravageant tout sur son passage. La réalité est autre. C'est un souverain raffiné, fasciné par la civilisation romaine. Il a passé sa jeunesse à Rome et à Ravenne, parle le latin et le grec, a le cheveu court et se rase régulièrement.

Reste qu'à l'époque, ses troupes ne font pas dans la dentelle. Venues de l'actuelle Hongrie, elles dévastent et pillent les régions qu'elles traversent, mais pas plus que les Romains, les Goths, les Vandales ou les Francs. En 451, les Huns sont arrêtés en Champagne par les légions romaines. Attila se retire sur le Rhin. Il mourra lors d'un festin donné pour ses noces en 453.

LE ROI ARTHUR A EXISTÉ

C'est peut-être vrai !

Même s'il n'existe aucun document historique fiable le concernant, on croit savoir qu'Arthur est un modeste roi celte ayant combattu les envahisseurs saxons en Bretagne au début du VIe siècle. Son royaume, c'est le territoire qui correspond aux Cornouailles actuelles, au sud-ouest de l'Angleterre.

Arthur est devenu une légende de la littérature du Moyen Âge, que l'on croise dans plusieurs textes, poèmes ou contes. Une dizaine d'auteurs l'ont évoqué ainsi que ses compagnons, les chevaliers qu'il réunissait autour d'une table ronde par souci d'égalité. Le plus connu de ces écrivains est Chrétien de Troyes (1150-1190). Depuis, le cinéma s'est lui aussi emparé de l'histoire avec, notamment, le film d'animation des studios Disney *Merlin l'enchanteur*.

La légende parle de la réunion par Arthur des plus grands chevaliers du royaume, Lancelot, Perceval et autres Gauvain, qu'il envoie parcourir le monde à la recherche du Saint-Graal, le vase utilisé par Jésus-Christ lors de la Cène.

629-639
DAGOBERT
ÉTAIT UN ROI RIDICULE

On dit de ce roi franc qu'il était étourdi, maladroit et qu'il mettait sa culotte à l'envers. Calomnies ! Tout est faux. Dagobert Ier a marqué son règne d'une belle période de stabilité et de réformes. Il était bon administrateur, autoritaire mais juste. Pas du tout le souverain niais que l'on décrit souvent.

Roi des Francs à la mort de son père Clotaire II, en 629, il tente de reconstituer l'unité d'un royaume morcelé et de renforcer le pouvoir royal affaibli. Il s'installe à Paris, s'entoure de bons conseillers comme Éloi. Il lance des réformes, calme les ardeurs des nobles, réorganise l'administration et la justice, développe les arts, fonde le monastère de Saint-Denis où il sera inhumé.

Alors d'où vient cette légende ? La chanson populaire « Le Bon Roi Dagobert » y est pour beaucoup. Or, elle n'a été écrite que beaucoup plus tard, en 1787, pour se moquer du roi Louis XVI ! Si Dagobert remettait sa culotte à l'envers, c'est certainement parce qu'il souffrait de coliques. Il lui arrivait de quitter précipitamment le conseil et de revenir mal habillé. Une chose est sûre : cette chanson lui a permis de sortir de l'oubli !

639-751
LES ROIS FAINÉANTS ÉTAIENT TRÈS PARESSEUX

C'est faux !

Après la mort de Dagobert Ier, en 639, les rois mérovingiens perdent peu à peu de leur pouvoir. On a coutume de les appeler « rois fainéants ». Mais ils ne sont pas paresseux. Ils sont tout simplement trop jeunes pour régner, impuissants et sans autorité. Ces dix rois, de Clovis II (639-657) à Childéric III (743-751), sont en fait dominés par les maires du palais, sorte de Premiers ministres.

La mauvaise langue qui se moque ainsi des derniers rois mérovingiens est l'un de ces maires du palais, Pépin le Bref. Pour convaincre les grands du royaume de l'élire roi, en 751, il fait courir le bruit que les Mérovingiens « ont depuis longtemps perdu toute vigueur » ! Il raille en particulier

Childéric III, dont il est le maire du palais, et son habitude de voyager allongé dans une voiture attelée par des bœufs. La légende des « rois fainéants » est reprise par le biographe de Charlemagne, Eginhard, qui parle de souverains qui « n'avaient plus de rois que le nom ».

Plus tard, un autre roi sera surnommé le Fainéant. Il s'agit de Louis V, dernier souverain carolingien. Son surnom peu flatteur est dû, non pas à une éventuelle tendance à la paresse, mais à la brièveté de son règne : quelques mois en 986-987. Il n'a pas eu le temps de faire grand-chose !

CHARLES MARTEL A ARRÊTÉ LES ARABES À POITIERS

Pas tout à fait vrai !

En 732 les Sarrasins venus d'Espagne sont battus et stoppés à Poitiers par le personnage le plus important du royaume, Charles Martel. En réalité, les Arabes ne voulaient pas envahir le royaume franc comme on l'a dit souvent, mais ils étaient là pour piller.

Les Arabes se sont installés en Espagne en 711. En 732, l'émir de Cordoue, Abd al-Rahmân, franchit les Pyrénées, fonce vers Bordeaux et envisage d'aller jusqu'au sanctuaire Saint-Martin de Tours qui regorge de trésors. Le duc d'Aquitaine, Eudes, fait appel au chef des Francs du nord de la Loire, Charles Martel. Les deux armées se font face à Moussais (actuelle Vouneuil-sur-Vienne), près de Poitiers. Les Francs lancent l'assaut le 25 octobre. L'émir trouve la mort et les Sarrasins s'enfuient. Charles Martel en profite pour s'emparer des évêchés de la Loire et lancer des opérations de pillage dans le Sud.

Malgré ce comportement, la légende de Charles est née. Il apparaît comme le défenseur de la chrétienté. Il gagne un surnom : Martel, de *martellus* (marteau) car on dit qu'il frappe ses ennemis avec la force d'un marteau et qu'il sait imposer sa loi avec énergie. Pendant neuf ans, il sera le maître incontesté du royaume. Son fils Pépin déposera le dernier roi mérovingien.

BERTHE, ÉPOUSE DE PÉPIN LE BREF, AVAIT DE GRANDS PIEDS

C'est vrai !

Il la fait venir à Paris. Berthe devient sa maîtresse, Pépin étant déjà marié. En 751, le pape Zacharie décrète qu'il faut faire de Pépin le roi des Francs, au prétexte que c'est lui qui exerce le pouvoir et non le roi officiel Childéric III. Les grands du royaume obéissent. Le nouveau roi est sacré le 28 juillet 754 en la basilique de Saint-Denis. Le souverain répudie alors sa première femme pour épouser Berthe. Deux fils naîtront de cette union : Charles – futur Charlemagne – et Carloman.

En **741,** alors qu'il est encore maire du Palais, Pépin dit « Le Bref », du fait de sa petite taille, entend parler d'une troublante princesse, fille du comte de Laon, prénommée Bertrade (ou Berthe). On lui narre que la jolie dame n'a qu'un seul défaut : l'un de ses pieds est plus court que l'autre. Pépin n'en a cure, estimant que « les pieds restent cachés sous les jupes ».

C'est beaucoup plus tard, en 1270, qu'un trouvère s'empara du personnage de Berthe et chanta l'histoire de « Li Roumens de Berte aux grans piès ». Dans sa chanson, il dit que Pépin a failli épouser un sosie de Berthe. Pris d'un doute, il demanda à voir les pieds des deux femmes. Il reconnut Berthe à son long pied...

LES VIKINGS VOYAGEAIENT À BORD DE DRAKKARS

C'est faux !

Pillards, explorateurs ou commerçants ? Les Vikings sont un peu tout cela à la fois. Au VIIᵉ siècle, ce peuple de Scandinavie se lance sur les mers, vers l'Irlande, l'Angleterre et la France. Pour faire de si longs voyages, les Vikings utilisent des navires que l'on a coutume d'appeler drakkars. Or, ce nom n'est apparu dans la littérature qu'au XIXᵉ siècle. Les Vikings désignent leurs bateaux sous d'autres termes : *skip, snekkja, skeio, knörr, langskip...* selon qu'ils transportent des hommes et des marchandises ou qu'ils sont utilisés pour des raids.

Tous sont conçus de la même façon avec, notamment, une grande voile portée par un mât qui peut s'abattre pour laisser ramer l'équipage. Pour chasser les mauvais esprits, les Vikings sculptent à l'avant de leur navire des dragons, *drakkar* en vieux suédois. D'où le nom qui leur est donné, plus tard.

En 885, des Vikings arrivent aux portes de Paris, par la Seine. Ils sont repoussés par le comte Eudes, mais ils continuent leurs opérations de pillage le long des fleuves. En 911, le roi Charles le Simple préfère négocier et offre au chef danois Rollon un vaste territoire qui prend le nom de Normandie.

800
CHARLEMAGNE NE SAVAIT NI LIRE NI ÉCRIRE

Pas exactement !

L'empereur a toujours eu quelques difficultés à parler et à comprendre le latin. Et côté écriture, c'est encore pire ! Une fois sur le trône, Charlemagne essaye bien d'apprendre le latin et le grec mais les résultats ne sont pas très brillants...

Si, au bout du compte, il parvient à peu près à lire, il n'arrive pas à écrire correctement. Pourtant, ce n'est pas la volonté qui lui manque.
« Il plaçait toujours des tablettes et des cahiers sous les coussins de son lit afin de profiter de ses moments de loisir pour s'exercer à tracer des lettres, mais il s'y prit trop tard et les résultats furent médiocres ».
C'est son biographe, un certain Éginhard, qui le dit...
Ce dernier ajoute que, de toute façon, Charles a reçu, enfant, une instruction fort médiocre et qu'il préfère parler dans sa langue natale, le tudesque (l'allemand) !

Pourtant, et peut-être à cause de cela, Charlemagne rêve que tous les enfants de son empire apprennent à lire et à écrire. Il fait en sorte que tous les évêchés ouvrent une école. C'est pour cela qu'on dit qu'il a inventé l'école... Mais ça, c'est une autre histoire.

EN L'AN 1000, LES GENS CROYAIENT QUE LA FIN DU MONDE ALLAIT ARRIVER

Pas tous !

À cette époque, la plupart des gens n'ont pas conscience qu'ils passent à l'an 1000 car ils n'ont pas de calendrier. On ne constate d'ailleurs aucun mouvement de panique particulier.

Il a pourtant été raconté qu'à l'approche de l'an mil, les chrétiens ont craint de voir le diable dévaster la Terre. C'est ce qu'on appelle le « millénarisme ». Le pire devait arriver : épidémies, troubles climatiques, famines... Cette idée fausse vient d'une œuvre rédigée plus tard, au XIIe siècle, par un moine, Sigebert de Gembloux. Il raconte qu'en l'an mil un tremblement de terre a eu lieu, qu'une comète a traversé le ciel... Phénomènes qu'il n'a pas pu voir puisqu'il est né en 1030 !

La légende de l'an mil a été reprise au XIXe siècle par des historiens humanistes qui ont voulu présenter le Moyen Âge comme une période obscure. Certains cherchaient ainsi à prouver que l'Église, par ses prédictions, était capable d'abrutir les masses... Depuis, le monde a de nouveau retenu son souffle lors du passage à l'an 2000. Cette fois-ci, on ne craignait plus le diable mais un bug informatique ! À chaque période ses peurs...

1152
UN DIVORCE EST À L'ORIGINE DE LA GUERRE DE CENT ANS

Indirectement, **oui !**

Rien ne va plus entre le roi de France, Louis VII, et son épouse, Aliénor, fille du duc d'Aquitaine, grande région du Sud-Ouest. Belle et très cultivée, la souveraine trouve son époux ennuyeux et trop pieux. Elle répète sans cesse : « J'ai parfois l'impression d'avoir épousé un moine et non un roi ! » En 1147, au retour des croisades, les choses s'enveniment. Louis soupçonne Aliénor d'infidélités. Le mariage est annulé le 21 mars 1152.

Six semaines plus tard, la duchesse d'Aquitaine se remarie avec Henri II Plantagenêt, comte de Blois et duc de Normandie, futur roi d'Angleterre. Par cette alliance, les deux tiers de la France deviennent anglais ! Le roi d'Angleterre est désormais plus puissant que le roi de France et devient une menace. Cette situation va engendrer des querelles et des conflits à répétition.

L'un de ces conflits débouche sur la guerre de Cent Ans. Lorsqu'il meurt en 1328, le roi de France Charles IV n'a pas d'héritier direct. C'est son cousin Philippe de Valois qui monte sur le trône. Mais le roi d'Angleterre, Édouard III, ne l'entend pas de cette oreille. Sa mère, Isabelle, n'est-elle pas la sœur du roi défunt et la fille de Philippe le Bel ? C'est donc lui l'héritier, dit-il. La guerre peut commencer...

1189-1199

RICHARD Ier D'ANGLETERRE PARLAIT SURTOUT FRANÇAIS

C'est vrai !

Ce roi d'Angleterre, surnommé Richard Cœur de Lion, passe toute sa jeunesse en France. Ou plus exactement en Aquitaine, qui appartient à la couronne d'Angleterre depuis le mariage de ses parents, Henri II et l'ancienne reine de France, Aliénor d'Aquitaine. Du coup, Richard, qui n'a jamais passé une année entière en Angleterre, ne parle pratiquement pas anglais !

Richard est un Plantagenêt, du nom de la dynastie qui règne sur le royaume depuis 1154. Son père, Henri II, comte d'Anjou et duc de Normandie avant de devenir roi, est le premier souverain de cette lignée. Son nom vient de son habitude de planter une branche de genêt sur son chapeau.

Français, anglais...
À l'époque, tout est un peu mélangé. La langue française est celle de la noblesse anglaise. Elle le restera d'ailleurs jusqu'au XVIIIe siècle. Les Anglais occupent alors une grande partie de la France actuelle. Cette forte présence, parfois menaçante, va êtrc l'une des causes de la guerre de Cent Ans.

1193

ROBIN DES BOIS A EXISTÉ

Mystère !

Durant l'absence du roi Richard Iᵉʳ dit Cœur de Lion, parti en croisade puis fait prisonnier en Autriche, un jeune seigneur nommé Robin de Loxley lutte contre le frère du roi, Jean sans Terre. Légende ou vérité historique ? On n'en sait rien...

Frère de Richard Cœur de Lion, Jean Sans Terre ne devait hériter d'aucun royaume, d'où son nom. Il profite de l'absence de son frère, prisonnier de l'empereur germanique, pour s'emparer du trône d'Angleterre. Jean dirige le pays d'une main de fer et multiplie les impôts. C'est là que Robin intervient... Écumant la forêt de Sherwood et prenant aux riches pour redistribuer aux pauvres (et pour payer la rançon de Richard), ce bandit au grand cœur incarne la résistance face au prince félon.

Aucun historien n'a retrouvé la trace de Robin des bois. Plusieurs brigands ou rebelles peuvent avoir inspiré les poètes du XVIᵉ siècle qui en ont fait un héros généreux. La légende est reprise en 1819 par le romancier écossais Walter Scott qui dans son livre *Ivanhoé* fait vivre Robin, son amoureuse Marianne, le frère Tuck, le fidèle Petit Jean et le méchant shérif de Nottingham.

1212

DES ENFANTS ONT PARTICIPÉ À UNE CROISADE

C'est vrai !

Au printemps 1212, des groupes d'enfants quittent la ville de Cologne (Allemagne). Des prêtres et des moines les ont convaincus d'aller reconquérir Jérusalem, en Terre sainte, tombée aux mains des musulmans. Emmenés par un certain Nicolas, ils partent à pied, traversent les Alpes, pour rejoindre les côtes italiennes. Beaucoup meurent en cours de route, épuisés, ou victimes des brigands. Seuls quelques-uns parviennent à embarquer en Italie, mais leurs navires sont abordés par des pirates qui les vendent comme esclaves. Pour eux, la croisade s'achève...

Dès novembre 1095, le pape Urbain II avait appelé les chevaliers français à aller délivrer Jérusalem, la ville où était né Jésus-Christ. Au printemps de l'année suivante, les premiers groupes de croisés, formés de nobles, de paysans et moines, prenaient la route de la Terre sainte. C'est la première croisade. Sept autres seront menées jusqu'en 1270.

La « croisade des enfants » a été relatée par un moine champenois. D'autres croisades composées d'enfants, de femmes, de paysans, ont existé comme la croisade des Pastoureaux, en 1251, qui elle aussi s'est terminée en désastre.

1295
MARCO POLO A ÉTÉ LE PREMIER EUROPÉEN À SE RENDRE EN CHINE

C'est faux !

On a coutume de dire que, vers 1295, le Vénitien Marco Polo a été le premier Européen à atteindre la Chine qui faisait alors partie de l'immense empire mongol. Erreur ! Quarante ans avant, un moine originaire des Flandres, Guillaume de Rubrouck, avait déjà visité ce pays...

En 1253, le roi de France Louis IX, alors en croisade, confie une mission à Guillaume de Rubrouck : rencontrer le khan Mongku, chef des Mongols, pour le convaincre de s'allier aux Occidentaux contre les musulmans. Le moine met trois mois pour atteindre Karakorum, au nord du désert de Gobi. Le 3 janvier 1254, il rencontre le khan Mongku. La mission est un échec puisqu'il ne parvient pas à rallier les Mongols.

Et Marco Polo ? Son père, un marchand vénitien, avait déjà fait le voyage en Chine. En 1271, il y retourne, accompagné de son fils, âgé de 17 ans. L'empereur apprécie le jeune Marco et décide d'en faire un ambassadeur. Marco Polo parcourt alors l'Asie. Il y découvre des civilisations très avancées et fait fortune. De retour à Venise, il prend part à la lutte entre sa ville et Gênes. Fait prisonnier, il dicte le récit de ses voyages dans le *Livre des merveilles*. La légende naîtra de cet ouvrage...

1305
LE PAPE A TOUJOURS RÉSIDÉ À ROME

C'est faux !

En 1305, le pape Clément V s'installe en Avignon. Plusieurs papes s'y succèdent. En 1409, il y aura même... trois souverains pontifes !

Par définition, le pape est l'évêque de Rome et c'est logique qu'il y réside. Mais tout change sous le règne du roi de France Philippe le Bel (1285-1314). Voulant renflouer les caisses du royaume, Philippe décide de faire payer le clergé sans demander l'autorisation au pape Boniface VIII. Le divorce est consommé. Deux ans plus tard, Philippe le Bel fait élire un nouveau pape, Clément V, ancien évêque de Bordeaux. En 1305, Rome étant déchirée par des factions rivales, Clément plie bagage pour Avignon où la papauté possède des terres. Philippe le Bel est ravi : il peut le contrôler à loisir.

Sept papes se succèdent en Avignon, entre 1309 et 1376, tous originaires du sud-ouest de la France. La ville connaît une vie brillante. Des palais sont érigés, dont le fameux palais des Papes. En 1376, le pape Grégoire XI décide de retourner à Rome. Après sa mort, les Romains exigent un pape italien. Ils élisent Urbain VI. Des cardinaux font sécession et désignent un Français, Clément VII, qui retourne en Avignon. C'est ce que l'on appelle le grand schisme d'Occident. En 1409, trois papes vont même prétendre au siège de saint Pierre. Martin V, élu en 1417, remet un peu d'ordre dans cette grande pagaille...

XIVᵉ siècle
AU MOYEN ÂGE, TOUT LE MONDE MOURAIT VERS L'ÂGE DE 30 ANS

Pas tout à fait vrai !

À **cette époque,** on peut vivre jusqu'à 64-65 ans. Mais l'espérance de vie est très faible. On parle de… 14 ans. Explication : une mortalité infantile particulièrement élevée. Au Moyen Âge, un tiers des nouveau-nés n'atteint pas l'âge d'un an tandis qu'un autre tiers meurt avant l'âge de 10 ans. Dans chaque famille, même les plus riches, on doit mettre six enfants au monde pour être sûr que deux au moins survivent…

« De la famine, de la peste et de la guerre, délivre-nous, Seigneur ! » Ainsi prient les hommes accablés par les malheurs. Entre 1310 et 1340, la famine s'installe en Europe, faisant de nombreuses victimes. Affaiblie par le manque de nourriture, la population résiste difficilement aux maladies d'autant que la médecine de l'époque n'est pas très efficace. À ces malheurs s'ajoutent les guerres, avec leur lot de pillages et de massacres.

Aussi quand une épidémie comme celle de la peste noire arrive à Marseille en 1347 pour s'étendre ensuite à plusieurs pays d'Europe, l'hécatombe est impressionnante. La maladie fait des millions de victimes. En quatre ans, un tiers de la population d'Europe occidentale meurt. Et là, personne n'est à l'abri, ni les enfants, ni les jeunes, ni les vieux…

1358

LA JACQUERIE ÉTAIT UNE RÉVOLTE MENÉE PAR UN DÉNOMMÉ JACQUES

C'est faux !

La jacquerie est bien une révolte paysanne du Moyen Âge et le terme vient bien de « Jacques ». Mais il ne s'agit pas du nom d'un leader paysan. Jacques est le surnom donné aux paysans car ce prénom était très fréquent chez eux.

Mai 1358. Nous sommes en pleine guerre de Cent Ans. Les paysans en ont assez des désordres, de l'insécurité, des pillages. De plus, on leur demande de l'argent pour payer la rançon qui libérera le roi Jean le Bon retenu prisonnier par les Anglais. Dans la région de Beauvais, des hommes emmenés par un dénommé Guillaume Carle se révoltent. Armés de bâtons et de pieux, ils massacrent des nobles. Le mouvement s'étend à tout le bassin parisien. Il ne dure que quinze jours mais il est d'une extrême violence. Des châteaux sont pillés et brûlés, des seigneurs sont massacrés, les récoltes sont détruites.

Les nobles réagissent et viennent à bout des paysans mal organisés. La répression est terrible. Les chefs de la rébellion sont tués et leurs corps jetés dans la Marne. Plus de 15 000 jacques sont tués. La révolte est éteinte. La misère des paysans, elle, ne fait que s'accroître...

1374
LES ROIS DE FRANCE POUVAIENT GOUVERNER
DÈS LE PLUS JEUNE ÂGE

C'est faux !

En 1374, Charles V signe une ordonnance qui dit que le fils du roi succède tout naturellement à son père décédé. Sauf que, parfois, le nouveau souverain n'est qu'un jeune enfant, beaucoup trop jeune pour gouverner. Du coup, on instaure une régence jusqu'à sa majorité, c'est-à-dire jusqu'à ses 14 ans.

Au cours de l'histoire de France, plusieurs rois ont été trop jeunes pour régner à la mort de leur père. Louis XIV et Louis XV, par exemple, n'ont que 3 ans quand ils doivent montent sur le trône. On image bien qu'une longue régence est alors nécessaire pour faire tourner les affaires du royaume. Le pouvoir intérimaire est parfois exercé par la mère du jeune souverain. C'est le cas de Blanche de Castille, mère de saint Louis, de Catherine de Médicis, mère de Charles IX et de Marie de Médicis, mère de Louis XIII...

Les rois et les reines se mariaient aussi très jeunes, à 14-15 ans généralement. Louis XIII a même été fiancé à l'infante d'Espagne, âgée de... 3 ans ! Faut-il préciser qu'ils n'avaient pas leur mot à dire ?

LE ROI CHARLES VI ÉTAIT VRAIMENT FOU

C'est vrai !

On s'accorde même pour dire qu'il a été le plus fou de tous les rois. Ses premières crises de folie surviennent en 1392 et ne le quitteront plus jusqu'à sa mort en 1422. En fait, Charles VI souffre de schizophrénie.

Tout avait pourtant bien commencé. En 1388, Charles est un roi aimé de son peuple. Mais, en mars 1392, il est pris d'un accès de fièvre. Il ne sait plus où il est et ne reconnaît plus personne. Quelques mois plus tard, il tue quatre de ses hommes. Il sombre peu à peu dans la paranoïa. Persuadé qu'il est fait de verre, il craint de se casser en mille morceaux. Après un incendie dont il réchappe de peu, il sombre dans une folie encore plus profonde... Il est en proie à de grandes fureurs avant de connaître des périodes de rémission.

Sa folie est désastreuse pour le royaume. Son frère, le duc d'Orléans, et son cousin, Jean sans Peur, se livrent une lutte féroce pour le pouvoir. L'Angleterre profite de la confusion générale pour envahir la France. Le 21 mai 1420, Charles VI signe le traité de Troyes par lequel il déshérite son fils. Il marie sa fille au roi d'Angleterre qui deviendra ainsi roi de France. Le royaume de France est presque entièrement anglais !

1407
JEAN SANS PEUR N'AVAIT JAMAIS PEUR

C'est faux !

Jean, duc de Bourgogne (1371-1419) est un trouillard. Régent du royaume de France à la mort du roi fou, Charles VI, il doit son surnom à des actes de bravoure accomplis pendant une croisade. Décidé à monter sur le trône, il fait assassiner, le 23 novembre 1407, l'autre régent, Louis d'Orléans, frère du roi décédé. Mais après ce forfait, il s'enfuit une première fois, de peur des représailles.

Plus tard, une guerre civile éclate entre ses partisans (les Bourguignons) et les fidèles de Louis d'Orléans (les Armagnacs). Ces derniers font peur à Jean. Il s'enfuit à nouveau. Dès lors, il va vivre dans la hantise de subir le même sort que sa victime. Il en perd même le sommeil. Pour se rassurer, il fait édifier dans sa demeure une tour au sommet de laquelle se trouvait sa chambre. Il faut gravir 140 marches pour y accéder ! Elle est gardée par des soldats et fermée par une solide grille. C'est à ce prix que Jean peut dormir paisiblement...

Mais il n'aurait pas dû sortir de sa tour. Le 10 septembre 1419, alors qu'il s'apprête à retrouver le dauphin, futur Charles VII, pour signer un accord de paix, il est assassiné. C'en est fini de Jean sans Peur qui n'était pas plus courageux que ça...

1412

JEANNE D'ARC
N'ÉTAIT PAS FRANÇAISE

C'est vrai !

En 1429, quand elle entend des voix, Jeanne habite Domrémy, sur les bords de la Meuse. C'est un village appartenant au duché de Bar, région frontalière qui, à l'époque, ne fait pas partie du royaume de France, il est vrai réduit à la taille d'un haricot, du côté de Bourges. Jeanne est donc Lorraine, autrement dit plus ou moins allemande. Elle parle d'ailleurs un dialecte local avec un fort accent.

Si Jeanne n'est pas française, elle n'est pas non plus la bergère pauvre que l'on décrit souvent. Son père est un gros agriculteur et sa mère est issue d'une famille aisée. Il y a donc des biens et du bétail chez les d'Arc. Et s'il lui arrive de garder les troupeaux, on la trouve plus souvent à faire le ménage, à coudre ou à filer la laine, comme toutes les jeunes filles du village. Les habitants de Domrémy ne l'appellent pas non plus Jeanne d'Arc mais Jeanne Romée, car selon la coutume lorraine, une fille porte le nom de sa mère.

Mais il fallait bien faire de cette jeune fille une légende : une Française pauvre, innocente et courageuse, porteuse d'une mission divine, bouter les Anglais hors de France...

1461-1483
LOUIS XI EMPRISONNAIT SES ENNEMIS DANS DES CAGES

Pas tout à fait exact !

La réalité est tout autre. Les prétendues cages sont en fait des cellules en bois de dimensions petites mais correctes. Et Louis XI n'est pas plus cruel qu'un autre souverain. Ce sont ses ennemis, les Bourguignons, qui bâtissent cette réputation épouvantable. Cette image déformée sera reprise, plus tard, par les écrivains Victor Hugo et Alexandre Dumas.

Louis XI, roi de France de 1461 à 1483, est présenté comme un souverain cruel, fourbe et redouté. On dit qu'il fait enfermer ses prisonniers dans de toutes petites cages de fer appelées «fillettes». Ces cages mesurent 2,90 m sur 2,60 m et 2,30 m de haut. Le prisonnier, tapi, nourri comme un animal, coupé du monde, peut à peine s'y déplacer. L'évêque de Verdun y reste emprisonné pendant quatorze ans! On dit aussi que Louis XI inflige des tortures à ses ennemis et qu'il boit le sang de fillettes pour soigner ses maladies...

Or, Louis XI est un grand roi. Il parvient à réunifier et reconstruire son royaume après les désastres de la guerre de Cent Ans. Il est affectueux et pieux même s'il sait faire preuve d'autorité et de fermeté pour venir à bout de ses opposants. Qui ne manquent pas !

LA JOCONDE A EXISTÉ

C'est vrai !

Acquise par le roi de France, François Ier, cette peinture exécutée par Léonard de Vinci entre 1503 et 1506 est l'une des plus célèbres du monde. Nombre d'artistes l'ont prise comme référence de l'art du portrait. Assise de face, ses yeux regardant vers la gauche, le sourire aux lèvres, la Joconde fascine.

La jeune femme au joli sourire énigmatique, peinte par Léonard de Vinci, et que des millions de touristes admirent au musée du Louvre, s'appelle Lisa Gherardini. Surnommée Mona Lisa, elle est l'épouse d'un marchand d'étoffes de Florence, Francesco del Giocondo. Le mot « joconde » vient de ce nom, Giocondo, qui veut dire « heureux ».

Né dans le village de Vinci le 15 avril 1452, Léonard rejoint l'atelier du peintre Verrocchio à Florence. Il y réalise ses premières œuvres. Léonard sait tout faire : peintre et sculpteur, il s'intéresse aussi à l'architecture, à l'anatomie, à la musique, aux maths, à la mécanique. Ébloui par son génie, le roi de France Louis XII en fait son peintre personnel. En 1515, François Ier le croise à son tour. Il lui propose de le suivre en France. Léonard s'installe au manoir du Cloux (aujourd'hui Clos-Lucé) où il meurt en 1519.

1499-1524
LA REINE CLAUDE AIMAIT LES PRUNES

C'est vrai !

La première épouse de François Ier, Claude de France, raffole d'une prune importée d'Asie plusieurs années auparavant. Ce fruit, rond, vert et juteux porte d'ailleurs son nom, « Reine-Claude ». On suggère parfois que la rondeur de la prune évoque les rondeurs de la reine.

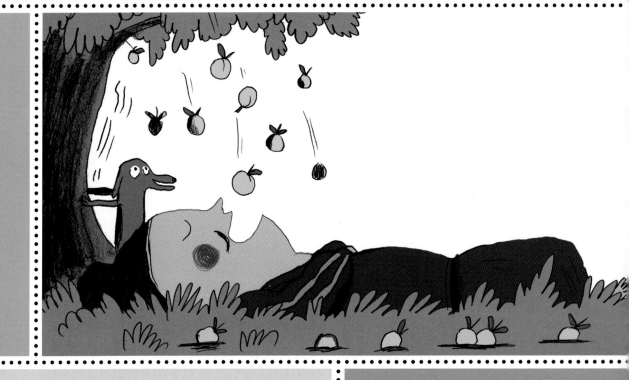

Claude, que l'on surnommera plus tard la « Bonne Reine », épouse son cousin François le 13 mai 1514. Elle n'a que 14 ans et demi. Autant le futur roi est beau et grand, autant Claude, fille d'Anne de Bretagne, est disgracieuse et de forte corpulence. De plus, elle boite et elle louche. François Ier déclare à son propos : « Rien en la personne de cette fille de roi ne me séduit. Je l'estime mais ne pourrai jamais l'aimer. » Il lui fait pourtant sept enfants. Claude meurt très jeune, à 24 ans.

On conserve de Claude de France l'image d'une reine très douce et bonne. Et du fruit, le goût d'une prune délicieuse. Il en existe plusieurs variétés : la reine-claude de Bavay, la reine-claude d'Oulins, la reine-claude diaphane... Goûtez-y !

1524

BAYARD EST LE DERNIER CHEVALIER FRANÇAIS

Né en 1476 dans la région de Grenoble, Pierre Terrail, seigneur de Bayard, entre au service du roi Charles VIII et part guerroyer en Italie où il s'illustre. Sa vie, racontée par un fidèle compagnon, le fait entrer dans la légende. Bayard porte à lui tout seul les vertus de la chevalerie : générosité dans le combat, loyauté au roi, amour courtois... Parce qu'il a défendu vaillamment le pont de Garigliano, en 1503, on le surnomme le « chevalier sans peur et sans reproche ». Sa renommée est si grande qu'en 1515, à Marignan, près de Milan, le roi François Ier ne veut être fait chevalier que par lui !

C'est vrai !

En 1524, couvrant la retraite de l'armée du roi de France à Romagnano (Italie), Bayard est atteint d'un coup d'arquebuse. Avec sa mort, une époque s'achève, celle de la chevalerie.

La chevalerie telle qu'on l'entendait au Moyen Âge va définitivement disparaître avec la Renaissance. Les arquebuses sont préférées aux lances, le preux chevalier fait place au courtisan, l'appât du gain remplace l'honneur. Le héros courageux et honnête, sans peur et sans reproche, est rattrapé par la modernité.

1547-1584

LE TSAR IVAN LE TERRIBLE ÉTAIT... TERRIBLE

C'est vrai !

Il commence jeune.
En 1533, il monte sur le trône alors qu'il n'a que 3 ans. Du coup, le pouvoir est confié à sa mère. À la mort de la régente, la Russie est aux mains des nobles (les boyards). C'est la pagaille. Mais, le jeune Ivan prend les choses en main. Il commence par faire tuer le chef des nobles, puis s'en prend à tous ceux qui s'opposent à lui. En 1547, il devient officiellement Ivan IV, premier tsar de Russie. Il continue à faire régner la terreur, exilant ou massacrant les nobles soupçonnés de trahison. Il se montre aussi très cruel avec les ennemis de l'extérieur, les Tatars notamment.

Intelligent et fin politique, Ivan IV, tsar de toutes les Russies de 1547 à 1584, est aussi connu pour être un tyran sanguinaire. Un souverain terrible !

Ivan IV est également un grand souverain. Il lance une série de réformes et une vaste réorganisation de l'administration et de l'armée qui fait dire qu'il est le fondateur de la Russie moderne. Mais Ivan le Terrible sombre dans la folie. La fin de son règne n'est que colères mémorables et violences. En 1581, il tue même son fils aîné dans un accès de rage.

1564

L'ANNÉE A TOUJOURS COMMENCÉ LE 1er JANVIER

C'est faux !

Auparavant, le calendrier en vigueur était le calendrier julien instauré par Jules César, en 46 avant J.-C. L'année commençait le 1er mars, début du mois du dieu de la Guerre. Dans la France du XVIe siècle, la confusion était totale. Selon les régions, l'année débutait à Noël, le 1er mars, le 25 mars ou à Pâques...

Pour mettre un peu d'ordre, le roi Charles IX signe, le 9 août 1564, l'édit du Roussillon qui impose de faire débuter l'année le 1er janvier ! Un nouveau changement survient en 1792. La Convention proclame la République et, pour mettre fin à l'Ancien Régime, adopte le calendrier républicain. Le début de la nouvelle ère est fixé au 22 septembre 1792, ou 1er vendémiaire de l'an I. Chaque année commence le jour de l'équinoxe d'automne, le 22, 23 ou 24 septembre. C'est Napoléon Ier qui reviendra au calendrier grégorien. Du coup, depuis le 1er janvier 1806, on fête le nouvel an le 1er janvier !

L'utilisation du calendrier dit grégorien fixant le début de l'année au 1er janvier ne date que de la fin du 16e siècle. Certains pays l'ont même adopté bien plus tard que la France. La Grèce par exemple en... 1924 !

PIRATES, CORSAIRES ET FLIBUSTIERS, C'EST PAREIL

C'est faux !

Même si les uns et les autres sèment la terreur sur les mers et les océans du monde entier, leurs missions et leurs pratiques sont différentes. Dès l'Antiquité, les pirates écument les océans. Ils agissent pour leur propre compte. Dans les années 1510, ce sont les frères Barberousse qui terrorisent les marins de la mer Méditerranée. Plus tard, les navires marchands auront affaire à Rackham le Rouge, à La Buse et même à des femmes pirates comme Anne Bonny.

Les corsaires, eux, sont employés par un roi ou par un État afin d'attaquer et de piller les navires de commerce de pays ennemis. Parfois, les corsaires deviennent hors-la-loi, pillant sans autorisation les navires qu'ils croisent. Parmi les plus connus, des Français venus de Saint-Malo, Surcouf, Duguay-Trouin et un Anglais, Francis Drake. Jean Bart, au service de Louis XIV, sera aussi un corsaire très célèbre. Le mot « corsaire » vient de l'expression « faire la course », c'est-à-dire mener des actes de guerre contre des vaisseaux ennemis.

On appelle flibustiers les corsaires des îles d'Amérique, notamment des Caraïbes. Leur statut est ambigu. Il s'agit d'aventuriers mi-corsaires, mi-pirates. Certains attaquent les navires espagnols au nom de leur pays mais sans en avoir forcément reçu l'autorisation. Aux Caraïbes, vers 1630, les flibustiers forment une communauté très soudée qui se donne le nom de « Frères de la côte ».

1654

LOUIS XIV A FAILLI NE JAMAIS ÊTRE ROI

C'est vrai !

Pour plusieurs raisons, la France aurait pu ne jamais connaître le Roi-Soleil. Louis-Dieudonné, fils de Louis XIII et de Marie de Médicis, est né le 5 septembre 1638. L'année de la mort de son père, en 1643, le petit dauphin, âgé de 5 ans, glisse dans un bassin du jardin du Palais-Royal. On l'en retire *in extremis*, de l'eau plein les poumons. Il était moins une...

Plus tard, à l'âge de 9 ans, il tombe gravement malade. Forte fièvre, apparition de pustules sur le corps : c'est la variole, une maladie qui tue plus des trois quarts de ceux qui en sont atteints. Le 21 novembre, Louis est déclaré mort ! Mais sa mère le tient dans ses bras toute une nuit et lui redonne vie. Ce n'est pas fini ! Le 30 juin 1648, Louis, âgé de 10 ans, est victime d'une grave intoxication alimentaire près de Bergues, dans le Nord. On lui donne les derniers sacrements mais il survit grâce à un remède qui le fait vomir...

Le petit Louis résiste. Il est finalement couronné roi le 7 juin 1654. Le plus incroyable, c'est que malgré la multitude de maux dont il souffre, il vivra jusqu'au premier jour de 1715, après 54 ans de règne... Un record !

LOUIS XIV RECEVAIT SES INVITÉS ASSIS SUR UN POT DE CHAMBRE

C'est vrai !

Chaque midi, le roi passe sur sa chaise percée. De quoi s'agit-il ? D'un siège muni d'un trou sur lequel il se soulage. Un pot de chambre géant, en quelque sorte. À cette époque, pas de chichis : Louis XIV reçoit ses amis et ses conseillers assis sur son siège percé ! Ensuite, alors qu'un grand prince lui passe sa chemise et qu'un autre lui donne son chapeau, le « chevalier porte-coton » lui essuie les fesses.

La chaise est installée dans un cabinet, pièce attenante à la chambre. Le mot « cabinet » utilisé aujourd'hui vient d'ailleurs de là. Ainsi, dans son château de Versailles, le roi est en représentation permanente, même dans les moments les plus intimes. Du réveil au grand coucher, vers onze heures du soir, il a du monde autour de lui...

Louis XIV n'est pas le seul à utiliser une chaise percée. Il en existe d'autres à Versailles mais en nombre insuffisant. Du coup, les courtisans et les visiteurs se soulagent où ils peuvent, sous un escalier ou au fond d'un corridor. Aussi les odeurs nauséabondes envahissent-elles le château. Pour les masquer, des valets diffusent des parfums de patchouli ou de civette.

1703
LE MASQUE DE FER
ÉTAIT LE FRÈRE JUMEAU DE LOUIS XIV

On n'en sait rien !

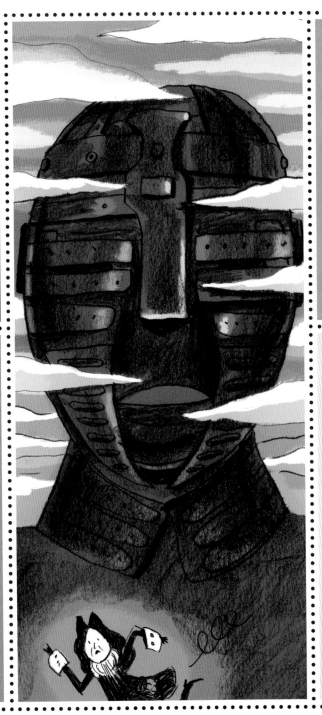

Qui est ce mystérieux prisonnier mort à la Bastille le 19 novembre 1703 et dont on sait qu'il a passé plus de trente ans dans diverses prisons, toujours sous la surveillance du même geôlier ? Nul n'a jamais pu voir son visage masqué. Un bruit court selon lequel il s'agit du frère jumeau du roi Louis XIV qui l'aurait fait incarcérer afin de pouvoir régner sans rival. L'hypothèse est aujourd'hui très contestée.

D'autres explications sont avancées. Il pourrait s'agir d'un enfant bâtard d'Anne d'Autriche, mère de Louis XIV. Ou de Nicolas Fouquet, ancien surintendant du roi et porteur de lourds secrets. La liste n'est pas close. Sont parfois cités : Molière, d'Artagnan, le comte italien Mattioli qui aurait trahi le roi…

L'histoire du Masque de fer, frère jumeau du Roi-Soleil, est la plus populaire. Elle a inspiré nombre de romanciers, à commencer par Alexandre Dumas dans *Le Vicomte de Bragelonne* et nombre de réalisateurs de films. Il faut préciser que le prisonnier – qui a bien existé – ne portait pas un masque de fer, seulement un masque de velours, certainement plus confortable !

1771
PARMENTIER A DÉCOUVERT LA POMME DE TERRE

Antoine-Auguste Parmentier se charge de la vulgariser. Pendant la guerre de Sept Ans (1756-1763), le jeune homme est prisonnier en Allemagne. Un jour, on lui sert une sorte de bouillie pour cochons. C'est de la purée de pommes de terre ! Il trouve cela excellent et comprend que c'est un aliment d'avenir.

C'est faux !

Elle a été introduite en France deux siècles avant que Parmentier ne s'y intéresse... Cultivée depuis des millénaires en Amérique du Sud, elle est tout d'abord importée en Espagne, à partir de 1534. Une variété (la truffole) arrive en France en 1540. Dès lors, on la cultive pour nourrir le bétail car les Français la boudent, croyant qu'elle peut donner des maladies.

À son retour, il plante des pommes de terre près de Paris et fait garder le champ. Le peuple se dit que si les soldats interdisent l'approche de la culture, c'est qu'elle est précieuse. Parmentier demande que la garde de nuit soit abandonnée. Du coup, les Parisiens vont déterrer les turbercules, et les mangent... La pomme de terre se propage. Un dîner est offert au roi et à la reine avec des plats uniquement à base de pommes de terre. Louis XVI félicite Parmentier : « La France vous remerciera un jour d'avoir inventé le pain des pauvres. »

LA FAYETTE EST LE CRÉATEUR D'UN GRAND MAGASIN PARISIEN

C'est faux !

Le marquis de **La Fayette** n'a rien à voir les Galeries Lafayette de Paris. Quand le grand magasin ouvre ses portes, en 1894, le héros de la Révolution américaine est mort depuis soixante ans. Par ailleurs, la passion du marquis n'a jamais été le commerce mais plutôt la guerre et la politique.

En 1777, à l'âge de 19 ans, La Fayette embarque pour l'Amérique afin de rejoindre les insurgés américains en guerre contre l'Angleterre. George Washington le renvoie en France avec pour mission de convaincre Louis XVI de l'aider. La Fayette revient à la tête de soldats français. Les troupes franco-américaines battent les Anglais. Revenu en héros, La Fayette va devenir l'un des hommes clés de la Révolution française. Sa popularité reste très élevée jusqu'au 17 juillet 1791, jour où il fait tirer sur la foule. Peu après, il doit fuir la France. Il ne revient qu'en 1797. Il passera le reste de sa vie à voyager aux États-Unis qu'il aime tant.

Quant aux Galeries Lafayette, elles sont créées en 1894 par deux commerçants alsaciens, au coin de la rue La Fayette. D'où leur nom… Magasin de luxe, l'établissement est un chef-d'œuvre architectural, notamment grâce à sa remarquable coupole.

1789

À LA RÉVOLUTION, LES FRANÇAISES ONT OBTENU LE DROIT DE VOTE

C'est faux !

Il faut attendre le lendemain de la Seconde Guerre mondiale pour que les femmes françaises aient enfin le droit de voter. Ce droit leur est accordé par le Comité français de la libération nationale le 21 avril 1944. Les citoyennes françaises voteront pour la première fois le 29 avril 1945 à l'occasion des élections municipales. On attend maintenant une première femme présidente de la République !

Le 22 décembre 1789, en pleine Révolution, l'Assemblée nationale décide d'exclure les femmes du droit de vote. Elles sont classées dans la catégorie des « citoyens passifs » au même titre que les enfants, les étrangers et tous ceux qui ne peuvent pas payer un impôt, le cens électoral. Malgré le combat de quelques députés « féministes » comme Condorcet, et d'Olympe de Gouges qui lutte pour le droit des citoyennes, la Constitution de 1791 confirme cette décision.

En 1944, la France n'était pas vraiment en avance. Les Suédoises votaient depuis 1718, et les femmes turques depuis 1934. Le dernier pays à avoir donné le droit de vote aux femmes est l'Arabie saoudite. En 2011 !

1790

LE 14 JUILLET, ON FÊTE LA PRISE DE LA BASTILLE

C'est faux !

Ce jour-là, toutes les municipalités dites « libres » du pays, regroupées en une fédération nationale, sont sur le Champ-de-Mars, à Paris. L'idée est de commémorer la prise de la Bastille et de célébrer la réconciliation et l'unité du peuple. Près de 400 000 personnes regardent défiler les délégués des gardes nationales. Puis elles acclament le roi et la reine encore en odeur de sainteté. Talleyrand, évêque d'Autun, dit la messe. La Fayette, commandant de la Garde nationale, et Louis XVI prononcent le vœu de fidélité à la Constitution. Tout le monde danse et s'embrasse… C'est la fête !

La fête nationale française ne célèbre pas la prise de la forteresse, le 14 juillet 1789, mais la fête de la Fédération qui a eu lieu un an après !

Pendant un siècle, la commémoration du 14 juillet sera abandonnée. C'est la IIIᵉ République qui remet à l'ordre du jour les symboles de la république : en 1880, *La Marseillaise* est adoptée comme hymne national et la fête de la Fédération, plus consensuelle que la prise de la Bastille, devient fête nationale. Sauf que pour nombre de Français, le 14 Juillet est toujours synonyme de prise de la Bastille…

LA GUILLOTINE
A ÉTÉ INVENTÉE PAR MONSIEUR GUILLOTIN

C'est faux !

Le docteur et député Joseph Guillotin n'est pas l'inventeur de la machine à couper les têtes qui existait d'ailleurs dans d'autres pays (Italie, Pays-Bas). Mais c'est lui qui l'a présentée à ses collègues de l'Assemblée constituante, en décembre 1789. Et c'est le docteur Antoine Louis qui l'a perfectionnée.

En 1789, Joseph-Antoine Guillotin veut rendre les exécutions moins cruelles. Sous l'Ancien Régime, les condamnés à mort subissaient la décapitation, la pendaison et bien d'autres supplices qu'il estime inhumain. Il souhaite également que tout condamné à mort soit exécuté de la même façon quel que soit son rang social. En 1791, l'Assemblée législative décrète que « tout condamné à mort aura la tête tranchée ». Mais la « simple mécanique » proposée par Guillotin n'est pas très performante à cause de sa lame horizontale. C'est là qu'intervient le docteur Louis qui préconise la lame oblique, plus sûre. L'idée est approuvée par le roi lui-même. S'il avait su...

À partir d'avril 1792, la « Louison » comme on l'appelle alors, fonctionnera à plein régime jusqu'à la fin de la Révolution. Le couperet tombera une dernière fois en 1977 et, depuis 1981, la machine est rangée au musée de l'Histoire.

1792

« LA MARSEILLAISE » EST NÉE À MARSEILLE

C'est faux !

Le 25 avril 1792, Rouget de Lisle est en garnison dans la cité alsacienne. Il a lu sur une affiche : « Aux armes, citoyens ! L'étendard de la guerre est déployé... Marchons ! » Ce texte l'inspire et il écrit un chant. Il présente son œuvre au maire de la ville, qui applaudit. Le chant est interprété devant des bataillons de la Garde nationale le 29 avril. Le succès est immédiat. Il va voyager et arriver à Marseille. Un mois plus tard, les fédérés marseillais « montent » à Paris. Tout au long de leur voyage, ils chantent l'air de Rouget de Lisle. Le 10 août, ils l'entonnent lors de la prise des Tuileries. Les Parisiens lui donnent alors le nom de *Marseillaise*. Il sera décrété hymne national le 14 juillet 1795 avant d'être déchu en 1804 et redevenir hymne en 1879.

Le chant devenu hymne national de la France est né à Strasbourg. À l'époque, cette chanson ne s'appelait pas *La Marseillaise* mais *Chant de guerre pour l'armée du Rhin*. Son auteur : Claude Rouget de Lisle, capitaine du génie et musicien jurassien.

Et Rouget de Lisle dans tout ça ? Il appellera toujours son chant par son nom ancien. Il recevra deux violons en remerciement, échappera de peu à la guillotine et finira sa vie dans la misère...

1792
LES SANS-CULOTTES
PORTAIENT DES CALEÇONS

Ce nom de « sans-culotte » est tout d'abord donné avec un certain mépris aux gens du peuple. C'est le journaliste Marat qui lui donne ses lettres de noblesse en l'utilisant pour parler des révolutionnaires. Le sans-culotte est intraitable : il fait en sorte que les députés ne goûtent pas trop aux délices du pouvoir, qu'ils restent proches du peuple et, surtout, qu'ils ne le trahissent pas. Sinon, gare à la tête !

C'est faux !

Pendant la Révolution française, les hommes du peuple portent le pantalon des petits artisans et non la culotte en soie à jambes étroites s'arrêtant au-dessus du genou, et les bas, apanage des nobles et des bourgeois. C'est un pantalon long, assez ample, souvent rayé, proche des pantalons portés aujourd'hui.

En 1792-1793, on compte environ 100 000 sans-culottes à Paris, souvent des artisans et des ouvriers des faubourgs Saint-Antoine et Saint-Marcel. Le sans-culotte porte également une blouse et un gilet, ou une veste à gros boutons (la carmagnole) et des sabots. Il est souvent coiffé d'un bonnet rouge sur la tête, le bonnet phrygien des esclaves de l'Antiquité. Les femmes, elles, ont des jupes rayées des trois couleurs.

MARAT A ÉTÉ ASSASSINÉ DANS SA BAIGNOIRE

C'est vrai !

Il **y prend** de nombreux bains pour soigner une maladie de peau. Et c'est en faisant trempette qu'il meurt assassiné, le 13 juillet 1793.

Deux jours plus tôt, une jeune femme est arrivée à Paris. Son nom : Marie-Charlotte Corday d'Armont, une jeune aristocrate normande, acquise aux idées de la Révolution. Une fois dans la capitale, elle achète un couteau, au Palais-Royal avant de se rendre chez le citoyen Marat. Charlotte prétend détenir des informations sur un complot fomenté par des Girondins, récemment écartés du pouvoir. Marat accepte de la recevoir dans sa salle de bains. Alors qu'il est occupé à recopier des noms, elle le poignarde.

Le directeur du journal *L'Ami du peuple*, chasseur de traîtres à la Révolution, est mort. C'est ce que voulait Charlotte : mettre fin aux agissements de cet « illuminé » qui avait réussi à cristalliser la haine des révolutionnaires modérés. Arrêtée, Charlotte Corday est emmenée à la Conciergerie. L'accusateur public, Fouquier-Tinville, demande sa tête. Elle est exécutée le 17 juillet et devient le martyr des contre-révolutionnaires.

1800

À PARIS, LES FEMMES N'AVAIENT PAS LE DROIT DE PORTER LE PANTALON

C'est vrai !

Une ordonnance du préfet de police de Paris du 26 brumaire an IX (17 novembre 1800) impose aux femmes désirant s'habiller en homme d'en demander l'autorisation. Pour cela, la personne doit fournir un certificat médical ! Interdit donc aux femmes de porter le pantalon sous peine d'emprisonnement.

Le plus incroyable, c'est que cette loi n'a été abrogée qu'en janvier 2013 ! Mais que l'on se rassure : depuis l'ordonnance de 1800, de nombreuses entorses ont été acceptées. Dans un premier temps, on autorise le pantalon aux femmes qui montent à cheval, puis à celles qui veulent tenir un guidon de bicyclette.

En 2010, une première demande d'annulation de cette loi est posée. La préfecture de police répond qu'elle a d'autres chats à fouetter. Mais, on s'en doute : il y a longtemps que cette ordonnance d'un autre âge n'est plus appliquée. Reste qu'elle est un symbole de l'inégalité qui a longtemps existé entre les hommes et les femmes. Même dans la loi !

1805

IL Y AVAIT DU SOLEIL À AUSTERLITZ, LE JOUR DE LA FAMEUSE BATAILLE

C'est vrai !

Le 2 décembre 1805, un an jour pour jour après avoir été sacré empereur, Napoléon Ier bat les troupes russes et autrichiennes près d'Austerlitz, un village de Moravie (en République tchèque actuelle). Ce matin-là, à 7 heures 30, une grande partie du champ de bataille est plongée dans le brouillard. Vers 8 heures, la brume se dissipe quelques instants laissant percer les faibles rayons d'un soleil hivernal. Napoléon a tout juste le temps de voir ce qui se passe et de prendre la bonne décision : attaquer. Les Français surgissent du brouillard, fondent sur l'ennemi, surpris.

À 16 heures, la bataille est gagnée. Austerlitz, également appelée la «bataille des trois empereurs», reste la plus belle des victoires de l'Empereur.

Sept ans plus tard, en septembre 1812, alors que la Grande Armée est engluée à 100 km de Moscou, Napoléon, constatant que le brouillard daigne s'effacer pour faire place au soleil, s'écrie : «Voilà le soleil d'Austerlitz.» Sauf que cette fois-ci, la campagne militaire va se terminer en désastre.

1805
NAPOLÉON Ier
VOULAIT FAIRE CREUSER UN TUNNEL SOUS LA MANCHE

C'est vrai !

En 1805, Napoléon fait la loi un peu partout en Europe : dans le Saint Empire germanique, en Suisse, en Belgique, en Hollande, en Italie... Seule l'Angleterre lui résiste. L'Empereur rêve de débarquer dans l'île. Parmi la dizaine de projets qui lui sont présentés, il est question d'un tunnel sous la Manche imaginé par un ingénieur français, Albert Mathieu-Favier.

L'idée est abandonnée pour un projet plus raisonnable : un débarquement naval. En 1805, des centaines de bateaux sont amarrés à Boulogne, prêts à prendre le large. Napoléon ordonne à l'amiral Villeneuve de venir renforcer cette flotte mais ce dernier, arrêté par l'amiral anglais Nelson à Trafalgar, au large de l'Espagne, ne peut pas atteindre la Manche. L'invasion tombe à l'eau !

L'idée du tunnel n'est pas enterrée et il a bien failli être creusé en 1874, sous Napoléon III qui, décidément, veut tout faire comme son oncle. Le projet est de nouveau abandonné pour raisons financières et il ne sera relancé qu'en 1981 pour aboutir au tunnel que l'on connaît aujourd'hui. Depuis, l'Angleterre n'est plus tout à fait une île. Le rêve de Napoléon est réalisé !

1814

LES GROGNARDS ÉTAIENT DES SOLDATS GROGNONS

C'est vrai !

«**G**rognard» est le nom donné aux soldats de la Vieille Garde de Napoléon Ier. L'Empereur les surnomme ainsi car ils se plaignent souvent de leurs conditions de vie. «Ils grognent mais marchent toujours», dit-il à leur propos. Mal vêtus, mal nourris, parcourant chaque jour de longues distances, ils resteront en effet toujours fidèles à Napoléon.

Élite de l'élite de l'armée de Napoléon, la Garde impériale, forte de 80 000 hommes, se distingue dans les grandes batailles. Dans ses rangs, on trouve des réservistes, plus âgés, qui forment la «Vieille Garde». Ce sont les fameux grognards. Ces soldats témoignent un fort attachement à leur Empereur qu'ils appellent affectueusement «le Petit Caporal». Napoléon leur renvoie l'ascenseur en les gâtant, aux dépens de l'infanterie de base davantage exposée et mal traitée.

Après la débâcle de Russie, en 1814, Napoléon tente de reconstituer une armée. Il improvise en rappelant les grognards mais aussi de très jeunes gens, surnommés les «Marie-Louise», des enfants soldats qui n'ont jamais tenu un fusil. La bataille de Waterloo, en 1815, sera le dernier champ de bataille des grognards. Et la fin du premier Empire...

1844
LES TROIS MOUSQUETAIRES
ÉTAIENT QUATRE

C'est vrai!

Un jour, l'écrivain Alexandre Dumas tombe sur un livre intitulé *Les mémoires de M. d'Artagnan*. Après l'avoir dévoré, il a l'idée d'écrire un roman. Ce sera *Les Trois Mousquetaires*. L'histoire : le jeune d'Artagnan fraîchement débarqué de Gascogne, rêve d'intégrer le corps des mousquetaires du roi Louis XIII. Il rencontre à Paris trois d'entre eux, Athos, Porthos et Aramis, avec qui il se lie d'amitié. Les trois mousquetaires deviendront quatre quand d'Artagnan recevra son brevet de lieutenant.

Tous quatre sont des serviteurs du roi, courageux, querelleurs, indomptables. D'Artagnan est un homme d'action, intelligent. Athos est l'honnêteté et la morale incarnées. Porthos est la force physique pure. Aramis est plus complexe, mi-mousquetaire, mi-homme d'Église.

Les quatre amis ont réellement existé. Le comte d'Artagnan était un mousquetaire de Mazarin, ministre du jeune roi Louis XIV. Il mourra en 1673. Le vrai nom d'Athos est Armand Sillègue d'Athos (1615-1643), Porthos s'appelait en fait Isaac de Portau (1617-1712), et Aramis était l'abbé Henri d'Aramitz (1620-1655).

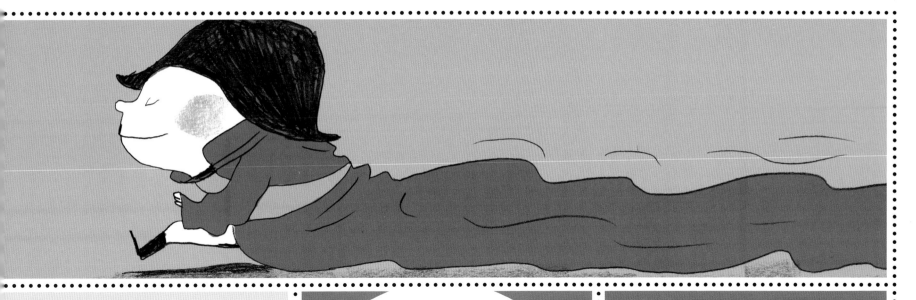

1851-1870

NAPOLÉON III
ÉTAIT LE FILS DE NAPOLÉON Ier

C'est faux !

Il revient sur le devant de la scène politique en 1848 pour se présenter aux élections qui désigneront le premier président de la République. Personne ne parie sur lui. Son allure empruntée et timide n'impressionne guère. On le trouve même ridicule et certains de ses adversaires le traitent d'imbécile. Mais, à la surprise générale, c'est lui qui est élu avec 74 % des voix !

C'est son neveu. Louis-Napoléon, né à Paris en 1808, est le fils de Louis Bonaparte, frère de Napoléon Ier, et d'Hortense de Beauharnais. Après la chute du premier Empire, il passe sa jeunesse en exil, en Suisse. Il n'a qu'une idée en tête : se servir de la notoriété de son oncle dont il estime être le seul héritier pour prendre le pouvoir en France. Par deux fois, il tente de renverser le roi des Français, Louis-Philippe. En vain.

Napoléon n'a pas fini de surprendre. Le 2 décembre 1851, jour anniversaire du sacre de tonton et de la victoire d'Austerlitz, il s'empare de tous les pouvoirs... Un an après, il est proclamé empereur des Français. Il prend le numéro III, en hommage au fils de Napoléon Ier qui, s'il avait régné, aurait eu le numéro II...

1865
LES ÉTATS-UNIS ONT ÉTÉ LE PREMIER PAYS
À ABOLIR L'ESCLAVAGE

C'est faux !

En décembre 1865, à l'issue de la guerre de Sécession qui opposa les États du Nord aux États du Sud, les États-Unis abolissent l'esclavage sur tout leur territoire. L'abolition voulue par le président Abraham Lincoln est un événement considérable. Elle met fin à de nombreuses années d'une pratique que la Constitution du nouveau pays n'avait pas réussi à faire disparaître, en 1787.

Les Américains ne sont pourtant pas les premiers à avoir aboli l'esclavage. C'est la France qui y met fin en premier, en 1794, pendant la Révolution française. Mais pour un temps seulement car l'esclavage va être rétabli en 1802 par le consul Napoléon Bonaparte. L'Angleterre va alors prendre la tête du combat abolitionniste. Le 28 août 1833, elle y met fin dans toutes ses colonies.

À la suite de l'Angleterre, les autres pays européens mettent progressivement l'esclavage hors-la-loi. La France l'abolit en 1848 grâce à Victor Schoelcher. En 1888, l'empire du Brésil est le dernier pays d'Amérique et du monde occidental à mettre fin à l'esclavage. Aujourd'hui encore, malheureusement, d'autres formes de travail forcé existent.

PENDANT LA GUERRE CONTRE LA PRUSSE, LES PARISIENS ONT MANGÉ DU RAT

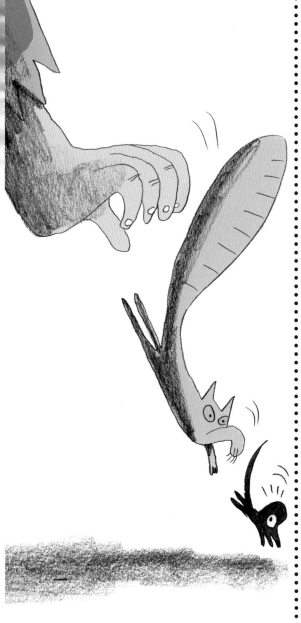

C'est vrai !

Depuis que les Prussiens encerclent et bombardent la capitale, le 19 septembre 1870, il n'y a plus rien à manger à Paris. La première semaine de siège a fait plus de mille morts. Et, en janvier 1871, 4 400 personnes périssent en quelques jours. Alors, pour survivre, on mange des chevaux, des chiens, des chats, des oiseaux et même les animaux du Jardin d'acclimatation : zèbre, girafe, les deux éléphants, Castor et Pollux. Une fois que tous ces animaux sont avalés, on se rabat sur les... rats. Mais eux aussi sont devenus rares et chaque prise débouche sur un véritable festin.

En cet hiver 1870-71, il n'est pas rare de voir dans les rues de Paris des hommes épier les rats, les frapper violemment avec un bâton pour les tuer, les saisir par la queue et les emmener chez eux. Là, ils les dépècent, les font bouillir et toute la famille se met à table pour les manger...

Le siège se termine le 1er mars 1871 quand les Prussiens entrent dans Paris. Quand l'ennemi défile sur les Champs-Élysées, les Parisiens se sentent humiliés. Certains décident de résister. C'est le début de la Commune.

1889

LA TOUR EIFFEL A ÉTÉ LA PLUS HAUTE TOUR DU MONDE

C'est vrai !

À son inauguration en 1889, la Dame de fer mesure 312 mètres de haut ! Elle est alors la tour la plus élevée du monde et le restera pendant 41 ans. Elle est supplantée en 1930 par le Chrysler Building de New York : 319 mètres.

Le projet de la tour est retenu pour l'Exposition universelle de 1889. Il est conçu par deux ingénieurs travaillant sous la direction de Gustave Eiffel, Maurice Koechlin et Émile Nouguier. Commence, le 28 janvier 1887, un chantier énorme. La tâche est gigantesque. 18 000 pièces de métal maintenues par plus de 2 millions de boulons sont assemblées... Les travaux durent 2 ans, 2 mois et 5 jours. Initialement nommée « la tour de 300 mètres », le monument devait être démonté au bout de quelques mois. Mais devant le succès et l'enthousiasme du public, il est toujours là... Visitée par plus de 7 millions de touristes chaque année, la tour Eiffel reste le symbole de Paris.

La tour actuelle fait 324 mètres de haut avec les antennes. C'est toujours le plus haut monument de Paris. Mais elle est largement supplantée dans le monde par des gratte-ciel géants comme le Burj Khalifa, à Dubaï, qui culmine à... 828 mètres !

1898

SISSI PORTAIT LA POISSE

C'est vrai !

Pendant trente années, le sort s'acharne sur elle et sur la famille des Habsbourg. Tout commence avec son beau-frère, Maximilien, propulsé empereur du Mexique par Napoléon III. Le pauvre est fusillé par des révolutionnaires en 1867. Ensuite, c'est son cousin, Louis II de Bavière, le roi fou, qui est retrouvé mort dans un lac. Le 30 janvier 1889, son fils unique, Rodolphe, se suicide avec sa maîtresse à Mayerling, aux environs de Vienne. Plus tard, sa sœur Sophie meurt brûlée dans un incendie à Paris...

La vie de l'impératrice d'Autriche, Élisabeth, épouse de François-Joseph Ier, dite Sissi, est jalonnée de drames en tous genres, au point qu'on se demande si elle ne portait pas un peu la poisse. Sissi, elle-même, meurt le 10 septembre 1898 à Genève, assassinée d'un coup de lime en plein cœur, porté par un anarchiste italien. Sa disparition brutale la fait entrer dans la légende.

Même après sa mort, la malédiction poursuit Sissi. Le 28 juin 1914, son neveu François-Ferdinand, héritier du trône, est assassiné à Sarajevo (Bosnie-Herzégovine). Cet événement déclenche la Première Guerre mondiale. Le souvenir de Sissi, impératrice populaire, reste présent grâce au cinéma qui en a fait une héroïne romantique.

1914

DES SOLDATS FRANÇAIS DE LA PREMIÈRE GUERRE MONDIALE ONT PRIS LE TAXI POUR ALLER AU FRONT

C'est vrai !

Début septembre **1914**, les troupes allemandes sont en Champagne et en Picardie. Elles menacent Paris. L'armée du général Joffre tente de les arrêter. C'est la première bataille de la Marne. Mais les hommes manquent et les moyens de transport pour acheminer les renforts sont insuffisants. Le général Gallieni, gouverneur militaire de Paris, a une idée géniale : il ordonne qu'on réquisitionne les taxis parisiens.

Le 7 septembre, les passagers des taxis sont remplacés par des fantassins. En comptant quatre à cinq soldats par véhicule, en roulant jour et nuit, 600 taxis transfèrent 10 000 hommes vers le front à une cinquantaine de kilomètres de la capitale. Pour les chauffeurs, âgés et peu habitués à quitter Paris, ce n'est pas une partie de plaisir. Ils effectuent deux ou trois allers-retours à la vitesse de 25 km/h. Heureusement, ils sont payés au prix d'une course normale.

Ces renforts acheminés en taxi contribuent à faire reculer les Allemands. La guerre n'est malheureusement pas terminée pour autant. Français et Allemands vont se faire face jusqu'en 1918, sur un front allant de la mer du Nord aux Vosges, dans une longue et meurtrière guerre de tranchées.

1914-1918
LES POILUS
SONT DES SOLDATS...
POILUS

Pas forcément !

On a longtemps dit que les soldats français de la Première Guerre mondiale étaient appelés ainsi parce qu'ils n'avaient pas le temps ou pas l'envie de se raser dans les tranchées. Ils se laissaient donc pousser la barbe et la moustache et lorsqu'ils rentraient en permission, ils arrivaient « poilus ».

En réalité, il n'était pas question de poil à la barbe mais de courage. Certains jeunes soldats de la Première Guerre mondiale étaient d'ailleurs imberbes, ce qui ne les empêchait pas d'être appelés « poilus ». En fait, dans le langage familier, ce terme désignait quelqu'un qui n'a peur de rien. Avoir du poil au menton était symbole de virilité. Pendant cette guerre, le « poilu » était donc un soldat héroïque et combattant, souvent par opposition au « planqué » de l'arrière. Le mot était peu employé sur le front où les militaires s'appelaient plus volontiers « biffins » ou « bonshommes ».

Une chose est sûre : à cause du froid, de la faim, de la présence de rats, de la peur de la mort, la vie de ces jeunes hommes dans les tranchées était terrible. La guerre en a broyé près d'un million et demi en quatre ans !

1939-1940

LA DRÔLE DE GUERRE ÉTAIT AMUSANTE

Pas du tout !

Le 1ᵉʳ septembre 1939, les Allemands envahissent la Pologne. L'Angleterre et la France, qui avaient signé un traité d'alliance avec ce pays, les somment de se retirer. Hitler, le chancelier allemand, refuse. Les deux alliés déclarent la guerre à l'Allemagne. Des soldats sont envoyés dans le nord-est de la France, sur la ligne dite Maginot, un système fortifié réputé infranchissable. Et ils attendent. L'ennui s'installe. Des journalistes parlent alors de « drôle de guerre ». Les Allemands évoquent une *komischer Krieg* (guerre comique) ou *Sitzkrieg* (guerre assise).

De septembre 1939 à mai 1940, les armées françaises et allemandes se font face, entre le Rhin et la Moselle, sans rien tenter. C'est à cause de cette « inactivité », de cette longue attente où personne ne sait ce qu'il doit faire, qu'on parle de « drôle de guerre ». Qui n'a de drôle que son nom !

Le 10 mai, l'offensive des troupes allemandes surprend tout le monde. L'Allemagne attaque la Belgique et franchit le massif des Ardennes mal défendu. La « guerre assise » a fait place à une « guerre éclair ». La déroute des troupes françaises et anglaises débouche sur l'occupation de la France qui va durer quatre longues années.

1944

LE PREMIER DÉBARQUEMENT ALLIÉ A EU LIEU LE 6 JUIN 1944

C'est faux !

Avant l'opération « Overlord » du 6 juin 1944, d'autres débarquements alliés ont lieu en Europe et en Afrique. Le 19 août 1942, plus de 6 000 soldats anglo-canadiens arrivent sur les côtes des environs de Dieppe. Ce raid doit permettre de tester les défenses allemandes en vue d'un prochain débarquement. Mais les troupes alliées se heurtent au mur de l'Atlantique érigé par les Allemands. En quelques heures, les Anglo-Canadiens sont rejetés à la mer. Constatant les pertes importantes (plus de 2 500 morts), le commandement décide d'interrompre l'opération.

Quelques mois plus tard, en novembre, les troupes anglo-américaines débarquent en Afrique du Nord française. L'Algérie devient la base de lancement pour un débarquement en Sicile qui a lieu le 10 juillet 1943. En septembre de la même année, c'est la Corse qui est libérée.

Le 6 juin 1944, « jour le plus long », l'opération « Overlord » est déclenchée sur les plages de Normandie. Les Allemands qui s'attendaient à un débarquement dans le Pas-de-Calais, sont surpris. 650 000 soldats américains, anglais, français, canadiens forcent les lignes ennemies. Deux mois plus tard, les Alliés débarquent en Provence pour prendre les Allemands à revers. La libération de la France a commencé.

1944

HITLER A VOULU DÉTRUIRE PARIS

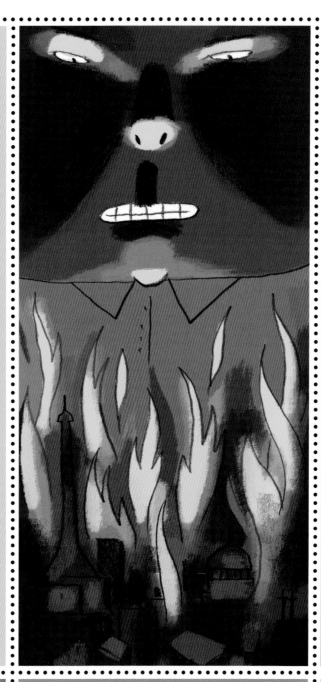

Le 19 août, les forces alliées progressent vers l'est de la France mais ne prévoient pas de passer par Paris pour ne pas être ralenties. Le général de Gaulle et les résistants parisiens veulent que la capitale soit délivrée par des Français. Des Parisiens se soulèvent contre l'occupant. Le 23, le quartier général du Führer à Berlin envoie un ordre à Von Choltitz : « Paris doit être défendu [...]. La destruction des ponts de la Seine sera préparée. Paris ne doit pas tomber aux mains de l'ennemi qui ne doit trouver qu'un champ de ruines ». Il envisage également la destruction des monuments. Le commandant de la place de Paris rechigne à obéir aux ordres. Hitler s'impatiente et demande par radio : « Paris brûle-t-il ? » Von Choltitz ne lui répond pas... Paris est sauvé, libéré le 24 août par ses habitants et les troupes françaises de la 2e DB.

C'est vrai !

En août 1944, à l'approche des troupes alliées, débarquées en Normandie le 6 juin, Hitler ordonne au général von Choltitz, commandant militaire de la capitale, qu'il détruise Paris. Heureusement, l'officier refuse d'obtempérer.

Ainsi, **Paris**, qu'Hitler n'a visité qu'une seule fois, le 18 juin 1940, a bien failli être rasé comme l'ont été d'autres villes d'Europe : Varsovie ou Stalingrad, notamment. Cet épisode de la Seconde Guerre mondiale fera l'objet d'un film célèbre : *Paris brûle-t-il ?*

1946-1962

LA GUERRE FROIDE EST UNE GUERRE QUI S'EST DÉROULÉE PENDANT L'HIVER

C'est faux !

Guerre froide est le nom donné à une longue période de tensions entre les deux grands vainqueurs de la Seconde guerre mondiale : les États-Unis et l'Union soviétique. Et ces tensions ne connaissaient pas les saisons !

Ce conflit larvé entre les deux puissances ne conduira jamais à une guerre armée directe, notamment à cause de la course aux armes nucléaires. Une « vraie » guerre entre les deux pays aurait immanquablement déclenché une troisième guerre mondiale destructrice. Le conflit s'est donc manifesté par des crises et des guerres locales entre « pays amis » des uns et des autres : Corée, Vietnam, Cuba, mur de Berlin, guerres en Afrique, etc. L'équilibre des forces nucléaires entre les deux puissances (on parlait d'équilibre de la terreur) a provoqué la fin de cette guerre froide, en 1962. Une coexistence pacifique ou de « détente » l'a remplacée.

Le concept de « guerre froide » remonterait à un discours prononcé par l'ancien Premier ministre britannique Wilson Churchill, en 1946. Aujourd'hui, on parle parfois de guerre froide quand des amis ou des parents ne se parlent plus.

1948

LES ÉTATS-UNIS ONT ÉTÉ LES PREMIERS À RECONNAÎTRE L'ÉTAT D'ISRAËL

C'est faux !

Ce **14 mai 1948**, donc, l'État d'Israël est créé en Palestine pour accueillir les Juifs du monde entier. Mais la « terre » promise par Dieu, 4000 ans plus tôt, est déjà habitée par le peuple palestinien. Depuis, la guerre et les attentats ne cessent de déchirer Israéliens et Arabes.

Les Soviétiques ont été les plus rapides. Le 14 mai 1948, alors que Washington tarde à reconnaître le nouveau pays, Moscou coiffe les Américains sur le poteau, devenant le premier pays à accepter Israël dans la communauté internationale. Pour l'URSS, c'est le moyen de s'imposer comme puissance influente au Proche-Orient. S'ils voient la naissance d'Israël avec sympathie, les États-Unis, de leur côté, craignent, de se brouiller avec leurs alliés arabes.

Les relations entre Israël et les deux superpuissances, URSS et États-Unis, vont évoluer avec le temps. L'amitié israélo-américaine va se renforcer alors qu'avec Moscou, c'est plus compliqué. En 1953, un attentat est perpétré à Tel-Aviv contre l'ambassade soviétique. L'URSS rompt ses relations diplomatiques avec Israël. Les différentes guerres entre Israël et ses voisins n'arrangent rien. Les relations israélo-russes ne se normaliseront qu'en 1991.

1961
LE PREMIER HOMME DANS L'ESPACE
ÉTAIT AMÉRICAIN

C'est faux !

C'est un Soviétique, Youri Gagarine, qui, le 12 avril 1961, réussit le premier vol spatial habité de l'histoire. À 9 h 07 ce jour-là, l'officier décolle de la base de Baïkonour à bord de l'engin spatial *Vostok 1*. Son vol à bord de la capsule dure une heure et quarante-huit secondes, le temps de faire le tour complet de la Terre à plus de 300 km d'altitude. Deux ans après, c'est une femme, Valentina Terechkova, qui part en voyage dans l'espace. Et, en mars 1965, un autre Soviétique, Alexeï Leonov, est le premier homme à effectuer une sortie.

Dans la compétition pour la conquête de l'espace, les Américains sont donc en retard.
Avec le lancement de *Spoutnik 1*, premier satellite, et le voyage de la chienne Laïka en 1957, l'URSS avait pris de l'avance.
Mais, le 21 juillet 1969, les États-Unis frappent fort : Neil Armstrong puis Buzz Aldrin marchent sur la Lune. Le retard est rattrapé...

Depuis, des astronautes de plusieurs nationalités font des voyages dans l'espace. L'objectif maintenant est d'atteindre Mars. Les États-Unis et l'Europe sont favoris pour emmener des humains sur la planète rouge. Mais pas avant 2030 !

1963

JOHN FITZGERALD KENNEDY EST LE PREMIER PRÉSIDENT AMÉRICAIN ASSASSINÉ

C'est faux !

Avant lui, trois autres présidents ont connu un sort identique. Le premier président américain assassiné est Abraham Lincoln, tué par John Wikes Booth en 1864 dans un théâtre de Washington, quelques jours après sa réélection. La même année, le 13ᵉ amendement de la Constitution américaine supprime l'esclavage sur le territoire américain.

Le 2 juillet 1881, quelques mois après le début de son mandat, James A. Garfield est blessé par balles. Charles J. Guiteau lui a tiré dessus, dans une gare de Washington. Le 20ᵉ président meurt onze semaines plus tard de ses blessures et de soins médicaux inadaptés. Le 6 septembre 1901, à Buffalo, un anarchiste, Leon Czolgosz, tire sur le président William McKinley au moment de lui serrer la main. Le président se remet de ses blessures avant que son état se détériore. Il meurt le 14 septembre.

Quant à John Fitzgerald Kennedy, il est assassiné à Dallas (Texas), le 22 novembre 1963, à l'âge de 46 ans. Son assassinat attribué à Lee Harvey Oswald est un véritable choc pour le monde entier tant le président américain est populaire.

1965

DE GAULLE A ÉTÉ LE PRÉSIDENT DE LA RÉPUBLIQUE LE PLUS ÂGÉ

C'est faux !

C'est Jules Grévy. Lorsqu'il est réélu en décembre 1885, il a... 79 ans. Le général de Gaulle, lui, n'a que 75 ans lorsqu'il a été reconduit dans ses fonctions en 1965 !

PEUT-ÊTRE PAS LE PLUS ÂGÉ, MAIS SUREMENT LE PLUS...

GRAND?

Jules Grévy, né en 1807, se fait élire député du Jura après la révolution de 1848. En 1879, il accepte de se porter candidat à la présidence de la République après la démission du maréchal de Mac-Mahon. Son premier mandat est riche en réformes : la liberté de la presse est rétablie et le ministre Jules Ferry instaure l'école gratuite, laïque et obligatoire. C'est en toute logique qu'il est réélu en 1885, à l'âge de 79 ans, donc. Mais il doit démissionner deux ans plus tard suite à un scandale provoqué par la découverte d'un trafic de décorations auquel est mêlé son gendre. Grévy mourra en 1891. Il est également le président le plus âgé en fin de mandat (80 ans), devant de Gaulle et François Mitterrand (79 ans).

Charles de Gaulle (1890-1970) devient président de la République en décembre 1958 après avoir quitté la vie politique pendant plus de dix ans. Il fait adopter et approuver une nouvelle Constitution qui établit la Ve République. Il est réélu en 1965 à l'âge de 75 ans. Il quittera le pouvoir en avril 1969 après un échec au référendum qu'il avait voulu et décédera l'année suivante.

1990

NELSON MANDELA A PASSÉ 27 ANS EN PRISON

C'est vrai !

Né en 1918, Mandela fait ses études à l'unique université pour Noirs d'Afrique du Sud. Il adhère au Congrès national africain (ANC) en 1942 et se lance dans la lutte contre l'apartheid, ce système qui interdit les mariages entre Noirs et Blancs et l'accès de certains lieux publics aux Noirs. Le 5 décembre 1956, Mandela est inculpé de haute trahison. Il est acquitté. Il est de nouveau arrêté en 1962. Il est condamné à la prison à vie.

En 1990, l'Afrique du Sud est dans une impasse. La condamnation de l'apartheid par la plupart des pays du monde et une situation économique catastrophique obligent le président de Klerk à négocier avec Mandela. Après des discussions secrètes, le leader noir obtient la fin de l'apartheid. Libéré, il use de son habilité politique pour éviter la guerre civile. Des élections ont lieu en avril 1994. Les trois quarts de la population votent pour la première fois. L'ANC l'emporte et Mandela est élu président. Il continue à prôner le pardon puis, à la fin de son mandat, il se retire. Il meurt le 5 décembre 2013.

Le 11 février 1990, un vieil homme de 72 ans sort d'une prison du Cap. Nelson Mandela vient de passer vingt-sept ans enfermé. Sa libération suscite un immense espoir dans la population sud-africaine.

2001

IL Y A EU DEUX ATTENTATS-SUICIDES LE 11 SEPTEMBRE AUX ÉTATS-UNIS

C'est faux !

Il y en a eu quatre. Les plus connus sont ceux perpétrés contre les deux tours jumelles du World Trade Center, à New York. Mais, ce même jour, un troisième avion s'est écrasé sur le Pentagone, le ministère de la Défense, à Washington. Et un quatrième avion dont la cible demeure inconnue (il visait peut-être la Maison-Blanche) a été détourné par ses passagers et s'est écrasé dans un champ.

Les deux avions de ligne qui ont percuté les deux tours de New York avaient été détournés par des commandos-suicides, des terroristes islamistes du groupe Al-Qaida dont le chef est Oussama Ben Laden. Le choc, très violent, creusa des cavités dans les tours et les réserves de kérosène des avions s'enflammèrent.

La superpuissance mondiale est touchée sur son territoire. C'est une première. Les attentats vus en direct à la télévision provoquent un grave traumatisme dans le pays et dans le monde entier. Le jour même, le président américain, Georges W. Bush, lance une croisade contre le terrorisme. Un mois plus tard, la guerre est déclarée en Afghanistan, pays désigné comme le siège opérationnel d'Al-Qaida.

2011
NICOLAS SARKOZY
A ÉTÉ LE PREMIER PRÉSIDENT
À AVOIR UN ENFANT
PENDANT SON MANDAT

C'est vrai !

Le 19 octobre 2011, le président de la République, Nicolas Sarkozy, et son épouse, Carla Bruni-Tedeschi, ont eu la joie d'annoncer à la France entière la naissance de leur fille, Giulia. C'est la première fois, depuis qu'il y a des présidents en France, qu'un bébé va gambader à l'Élysée.

Nicolas Sarkozy est également le seul à divorcer pendant son mandat. Élu en 2007, il se sépare de sa deuxième épouse, Cécilia, la même année. Il est aussi l'un des rares présidents à se marier durant son séjour à l'Élysée. Seul Gaston Doumergue s'était marié treize jours avant la fin de son bail à l'Élysée, le 1er juin 1931.

Louis-Napoléon Bonaparte et (pour l'instant) François Hollande sont les seuls présidents célibataires. Le premier épousera Eugénie de Montijo en 1853 alors qu'il est devenu empereur. Le second vit en concubinage avec Valérie Trierweiler. René Coty, élu en 1953, est de son côté le seul président veuf. Il perdit son épouse en 1955.